Illustration／KANAME KUROSAWA

プラチナ文庫

Platinum Label

お花屋さんに救急箱

椹野道流

"Ohanayasan ni Kyuukyuubako"
presented by Michiru Fushino

プランタン出版

イラスト／黒沢　要

もくじ

※本作品の内容はすべてフィクションです。

お花屋さんに救急箱

一章　見えない心

土曜日の昼下がり……。

久しぶりに帰ったマンションの自室には、不思議によそよそしい雰囲気が漂っているような気がする。

ガランとしたリビングに足を踏み入れ、大野《おおの》木《ぎ》甫《はじめ》は戸惑い顔で室内を見回した。

瀟洒《しょうしゃ》な革張りのソファーセットも、ガラス製の天板が載った美しいローテーブルも、このマンションを購入したとき、インテリアコーディネーターが勧めてくれたものだ。

正直、甫はインテリアにはさほど興味がない。シンプルで見栄えのいいものを適当に、とオーダーしたら、やけにお洒落《しゃれ》だが生活感のない、モデルルームのような部屋が出来上がった。

実際、早朝から夜まで働き、休日は寝て過ごすだけなので、甫はあまり自宅を満喫したことはない。まして、職場であるK医科大学の前でフラワーショップを経営する九条《くじょう》夕焼《ゆうや》と「お試し中」の恋人関係になってからは、何となく仕事帰りに九条の家に立ち寄り、ズルズルと泊まってしまうことが多くなった。

最初の頃こそ連泊を避け、九条宅に泊まった翌日は必ず自宅に戻っていた甫だが、それも長くは続かなかった。

つきあい始めてから季節が一つ進み、じきにゴールデンウイークになろうという今はといえば……。

仕事帰りにちょっと九条の顔だけ見て行こうと店に立ち寄ったが最後、当たり前のように夕食を用意され、食べている間に風呂が沸き、入浴すると帰るのが億劫《おっくう》になってそのまま泊まる……という日々が延々と続いた結果、甫は現在、九条宅で半同棲状態である。

おかげで自宅は、時折、服や必要な物を取りに帰るだけの場所と化してしまった。

大きなボストンバッグいっぱい持ち帰った冬服をクローゼットにしまい込み、春服の中でも薄手のものを選んで空っぽになったバッグに詰め込みながら、甫はふと作業の手を止め、耳を澄ませた。

甫が動きを止めると、室内はたちまち静まりかえる。高気密なマンションだけに、外の音もほとんど聞こえてこない。

「俺の部屋は……こんなに広くて静かだったかな」

思わず、そんな呟《つぶや》きが漏れる。

九条の家は、有り体に言えばかなり狭い。

居住スペースは、店舗の奥にあるささやかなダイニングキッチンと、二階の茶の間兼寝室、そしてごく小さな浴室だけだ。

いきおい、別々に過ごしていても互いの気配は感じられるし、物音も聞こえてくる。それに慣れてしまうと、自宅の広々した空間と静寂が、かえって落ち着かなく感じられるのが不思議だ。

「さてと、帰るか」

荷造りを終え、立ち上がった自分が何気なく発した独り言に、甫はギョッとする。

「……帰るかって、ここが自宅だぞ。何を言っているんだ、俺は」

愕然《がくぜん》としながらも、もはや九条の家が「帰る場所」になりつつあるという事実は認めざるを得ない。

いや、もっと正確に言うならば、ボロボロになった甫を受け入れ、助け、癒《いや》してくれた九条夕焼という人間が、今の甫にとっては家のようなものなのだろう。

それを自覚した瞬間、甫の色白のシャープな顔に、たちまち赤みが差してくる。

「と……と、と、とにかく。帰……違う、行くか」

独り言なのだからどちらでもいいようなものなのに律儀に訂正し、甫は再びずっしり重くなったバッグを肩に掛け、自宅を後にした。

「お帰りなさい。早かったですね」

夕方、戻ってきた甫がダイニングキッチンに顔を出すと、九条は片手にピーラー、片手にニンジンを持って振り返った。

「あ……あ、ああ。その……ただいま」

　このやり取りももうずいぶん繰り返してきたが、まだ自分から「ただいま」とは言えない甫である。どんなにこの家と九条に馴染《なじ》んでも、やはりまだ二人の関係が「お試し中」だという意識が頭から去らないからだ。

　だが九条のほうでは、甫がこの家に立ち寄るのがもはや当たり前……というより、もはや甫がここで寝起きすることに何の疑問も抵抗もないらしい。

「お帰りになって早々で何ですが、よろしければ、夕飯前にちょっと出掛けませんか？」

　九条にいきなりそう言われ、甫は意外そうに眉《まゆ》を上げた。

「外出？　今からか？」

「ええ。僕はけっこう好きなんですが、あなたは……たぶん行ったことがないんじゃないかと、これまで自重してたんです。でも、うちの狭い風呂でずっと我慢して頂くのも申し訳ないので」

「？」

　話の見えない甫は眉間《みけん》に浅い縦皺《たてじわ》を寄せる。手を洗って拭《ふ》きながら、九条はどこか悪戯っぽい笑みを浮かべて言った。

「銭湯。食事の前に気持ちよく一風呂浴びませんか、というお誘いです」

「銭湯？　確かに行ったことはないな。これまでそんな必要に迫られたことはない」

「でしょうね。でも行ってみると、なかなか気持ちがいいものですよ。如何《いかが》です？」

甫は少し躊躇い、顔をしかめた。

「しかし……病院に近いこんな場所から、洗面器を抱えて出掛けるというのは」

その古すぎるイメージに、九条は小さく噴き出す。

「待ってください、それは『神田川』の時代の話ですよ。少なくともこれから行く銭湯は、タオルだけ持っていれば大丈夫です」

「そう……なのか？」

「ええ。温泉と同じ感覚ですよ。ああでも、あなたがそういうのは嫌だと仰《おっしゃ》るなら、決して無理強いはしませんが」

そう言いつつも、九条は少し寂しそうな顔をする。もとから優しい顔立ちの彼なので、その表情が翳《かげ》ると何故か妙な罪悪感にかられ、甫は慌てて言った。

「い、いや。何事も経験だ。しかも、自分ひとりではなかなか敷居の高い場所でもある。お前が一緒なら……まあ、大丈夫だろう」

それを聞いて、九条はたちまちニッコリした。男にこんな表現を使うのはどうかと思う甫だが、いつ見ても、花の蕾《つぼみ》が開くような笑顔だ。

「本当ですか？　よかった。大丈夫、『神田川』と違って、どちらかが待たされて凍《こご》えたりはしませんよ。同じ場所に入るんですからね」

「う、うむ」

「では、すぐに着替えてきてください。さすがに銭湯にスーツは、少々浮くでしょうから、もう少しカジュアルな服装で」

「わかった。ちょうど服を持ち帰ったところだからな。十分な準備をしてこよう」

まるで大冒険にでも出掛けるように、甫は早くも緊張の面持ちで階段を上がっていく。

「……可愛いなあ、本当に」

甫には聞こえないようにしみじみと呟き、九条はそんな甫の真っ直ぐな背中を見送った。


九条行きつけの銭湯は、自動車で十数分の距離にあった。

よくあるスーパー銭湯やスパの類《たぐい》ではなく、昔ながらの地域密着型の銭湯である。数年前にリフォームしたものの、意識的に昭和の雰囲気を色濃く残しており、入り口には墨《すみ》で黒々と番号が書かれた木製の靴箱が置かれている。

「こんばんは。しばらく来られませんでしたが、お元気でしたか？」

九条は親しげに、番台に座る初老の女性に声を掛けた。女性のほうも、笑顔で挨拶《あいさつ》を返す。

「あら、お花屋さん。ホント久しぶりね。どうしてたの？　忙しかった？」

「ええまあ。でもご無沙汰《ぶさた》のお詫《わ》びに、新しいお客さんを連れてきましたよ。あとこれ。残り物ですけど、よかったら飾ってください。それと、今日は二人分のお金と」

九条は新聞紙で包んだ花束と一緒に、小銭を番台に置いた。売り物にするには開きすぎた花で日持ちはしないのだが、飾った当日から満開の美しさなので、女性は嬉しそうに相好を崩した。

「あらっ、ありがと！　いつも悪いわねえ。いっぺんもお店に買いに行ったことないのに」

「いいんですよ。店が病院前なだけに、あの辺りにご縁がないのは何よりと言わなくては」

「それもそうね。じゃ、お連れさんともどもごゆっくり～」

そんな上機嫌な声に送られ、二人は脱衣所に入った。

九条は慣れた様子で財布を鍵《かぎ》付きの小さなロッカーに入れ、脱衣所のかごを確保した。

だが一方の甫は、戸惑いがちな視線を四方八方に走らせ、どうにも落ち着かない様子である。

九条は可笑《おか》しさを噛み殺しているのが明らかな顔で、しかし素知らぬ風を装《よそお》って問いかけた。

「どうしました？　温泉と同じですよ。緊張することは何もありません」

「いや……その」

甫の視線は、周囲の人々を経由して、番台に注がれている。

「はい？」

「あの女性からは、我々が丸見えなんじゃないのか？」

「ええ、そうですねえ」

「そうですねえって、そういうことでいいのか？　年配とはいえ女性の前で服を脱ぐなど、失礼極まりないだろうに」

生真面目な戸惑い口調でそんなことを言う甫に、九条はあっさりと言い返した。

「彼女はそれこそもう何十年も、毎日お客さんの裸を見まくっていますよ。もう単なる日常の光景でしょう」

「そういうものか？」

「彼女にとっては全裸の男なんて、先生にとっての怪我人《けがにん》、僕にとっての花みたいなものです」

「そのたとえはどうかと……」

「はいはい、とにかく入りましょう。ここまで来て脱衣を躊躇っていても仕方がないですよ」

そう言いながら、九条は服を脱ぎ、綺麗《きれい》に畳んでプラスチックの大きなかごに入れる。

甫はなおもしばらく躊躇った後、ようやく覚悟を決め、番台の女性にせめて背中を向けた姿勢で服を脱ぎ始めた……。

「う……ううむ」

外見もクラシックな銭湯だったが、内部にも昭和のレトロ感が十分に残されているようだ。

洗い場の隅にはプラスチック製の椅子と黄色い洗面器が山と積まれ、カランのそばには懐かしいレモン型の石けんが置かれていた。

タイル張りの大きな浴槽は、熱めとぬるめに分かれており、好みのほうを選べるようになっている。

甫は九条の横で、まさに見よう見まねで身体を洗い、そのまま九条のあとをカルガモの雛《ひな》のようについていき、一緒にぬるめの浴槽に浸《つ》かった。

「今日はあまり混んでいなくてよかった」

九条は広い洗い場を見渡してそう言った。長い洗い髪をまるで女性のようにタオルでまとめた姿は滑稽《こっけい》だが、妙に似合っている。

甫は驚いた顔で九条を見た。眉間に縦皺を刻み、目を細めた険しい表情は、別に不快だからではなく、強度の近視なのに眼鏡を外してしまい、単によく見えないせいである。

「これで混んでいないのか？　恐ろしく賑《にぎ》やかだと思って見ていたんだが」

実際、広いので圧迫感はさほどないが、浴槽にも洗い場にもたくさんの人がいる。いったいいつから浴槽の中にいるのか訊《たず》ねてみたくなるほど浸かり続けている老人もいれば、まさに烏の行水でさっと出て行く常連らしき人もいる。

学生とおぼしき若者もちらほら見かけるし、親に連れられてきた小さな子供たちも多い。話し声が広い風呂場に響いて、風呂場は湯気と活気に満ちていた。

「このくらい人がいないと、かえって寂しいですよ。今日はカランもすぐ確保できましたし、ちょうどいい塩梅《あんばい》なんじゃないですかね」

「そういうものなのか」

甫はやはり生真面目な相づちを打ち、それでも気持ちよさそうに両腕を伸ばして湯を掻《か》いた。九条が愛《いと》おしげに目を細めたので、自分の子供っぽい仕草に気付いたのか、甫は咳《せき》払《ばら》いして、いつもの厳《いか》めしい口調で言った。

「温泉とは少し趣が異なるが、やはり大きな浴槽はいいものだな」

眼鏡を外し、濡《ぬ》れた髪を手櫛《てぐし》で撫《な》でつけた甫の顔は、いつもよりずっと若々しく、無防備に見える。そんな甫が風呂の中でも虚勢を張るのが可笑しくて、九条は上気した顔をほころばせた。

「ですよね。うちの風呂では足が伸ばせませんから。あれはあれで、コンパクトによく温《ぬく》もるような気はするんですが」

「うむ。確かに少し狭苦しいな」

「でしょう？　ここに来るのが、僕にとってはささやかな贅沢《ぜいたく》なんですよ。気に入ってくださいました？」

「ああ。どうも俺は、銭湯というものに偏見があったようだ。広いし清潔だし、お前の言うとおり、なかなか悪くない」

「よかった。だったら、これからはちょくちょく一緒に通いましょうね」

俺は自宅に帰ればまともな風呂があるから必要ない……と言ったものかどうか数秒悩んだものの、甫は結局九条の笑顔に負け、ボソリと同意した。

「まあ、それもいいだろう。だが、次からは自分の分は自分で払う」

「はい。今日はお試しですから、僕が奢《おご》っただけです。あなたを養おうなんておこがましいことは思っていませんよ」

「そ、そこまでの話じゃないだろう！　隙《すき》あらば話を人生規模に拡大するのはやめろ！」

養うという言葉に過敏反応して、甫は声を尖《とが》らせる。

「はいはい。お風呂の中でそんなに怒ると、血圧が上がりすぎますよ？」

「……医者に医学的な注意をする気か、お前は」

「あはは、これは失礼しました」

九条は笑いながら浴槽の壁面にもたれ、空きスペースに長い足を伸ばした。

甫もまだ仏頂面ながら、九条にならって彼の横に並んでみる。体重を浴槽のタイル壁に預け、浴室を広く見渡せるその位置は、なかなかに快適だった。

「はあ、こうして広い湯船に浸かっていると、日本人でよかったと思います。筋肉が解《ほぐ》れていくのがわかりますよね」

そう言って、九条は肘《ひじ》の関節を曲げ伸ばしする。綺麗に盛り上がった二の腕の筋肉に、甫はうっかり目を奪われてしまった。

よく考えれば、こんなに明るい場所で互いの裸身を見るのは初めてのことだ。

身体を重ねるときはいつも、甫が明かりを消すことを要求する。九条はそのたび残念そうな顔をするが、敢《あ》えて抗弁しないので、いつも暗がりで互いの身体を探るということになるのである。

しげしげと見れば、九条の全身には、偏《かたよ》りなく綺麗に筋肉がついていた。決してボディ

ビルのように見せるための筋肉ではなく、格闘技のように鎧《よろい》代わりの筋肉でもなく、日常的に使われて鍛《きた》えられたことがわかるしなやかなものだ。

「何かスポーツをやっているのか？」

思わず問いかけた甫に、九条は照れ笑いでかぶりを振った。

「いいえ。僕はどちらかといえばインドア派なので、運動はさっぱり」

「そのわりに、いい身体をしているじゃないか」

「おや。あなたにそう言って頂けるのは嬉しいですね。僕の身体がお気に召して頂けているると……」

「そ、そういう意味ではっ」

「わかってますよ。冗談です」

慌てまくる甫にクスリと笑って、九条は言った。

「実は僕、高校を出るまではもっと細かったんです。でも、そこから本格的に音楽をやり始めて、楽器をやるためにも生活のためにも、バイトをせざるを得なくなりまして。大野木先生は、バイトの経験は？」

甫は薄い唇をへの字に曲げた。

「家庭教師を少しやった程度だな」

「なるほど。いかにも先生らしい。僕は色々やりましたよ。コンビニの深夜勤、レンタルビデオ店、道路工事、交通整理、中華料理店、バーテンダー……あと、ホストとか」

「ホストもか！」

驚く甫に、九条は恥ずかしそうに頷《うなず》く。

「いや、それはどうにも性に合わなくて、数日で辞《や》めましたけど」

「……だろうな。いや、それにしても……」

今、目の前にいる男が、たとえ数日でも、チャラチャラしたスーツに身を包み、女性の前に膝《ひざ》をついていたという事実が信じられなくて、甫は思わず九条の優しい顔を穴が開くほど見てしまう。

さすがの九条も、照れくさそうに片手を振った。

「本当に、あれは失敗でした。僕のホスト姿なんて想像しないでくださいよ。結局、食器洗いとトイレ掃除と給仕しかしてないんですから」

「……なるほど。それなら納得できる」

やけにホッとした顔つきで頷いてから、甫はすぐに口を開いた。

「では、バイトでその筋肉が培われたということか」

「ええ。あと、花屋になってからも、ずっと力仕事ですからね。花は優雅ですが、花屋の仕事はなかなかにハードです」

「それはお前の仕事ぶりを見ていればわかる」

甫はそう言って、遠い日をした。

たびたび九条の家に泊まるようになって、甫は少しずつ、花屋の仕事というのがどんなものか、その目で見て理解しつつあった。

仕入れのある日、九条は布団に甫を残し、早朝から軽トラックで出掛けていく。そして、箱に詰められた大量の生花や、花材あれこれをどっさり持ち帰る。

その頃には甫が起きているので、一緒に朝食を摂《と》り、その後九条はすぐに花を店頭に出すための準備を始める。

九条いわく、仕入れてきたばかりの花はまだ弱々しく、頼りない存在なのだそうだ。

余分な葉を落とし、たっぷりと水を飲ませ、休ませてやることで、買われていった先でも長く美しく咲き誇る丈夫な花へと変身を遂げることができるらしい。

その水揚げの作業の傍ら、様々なサイズのフラワーアレンジメントを次々と作り上げていく九条を横目に見ながら、甫はK医大リハビリ科へと出勤することになる。

甫が仕事を終えて戻る頃には、九条も店を閉めているので、甫は彼が店を営業している時間帯がどんなふうかは未だによく知らない。

とはいえ、店頭で接客するのも、アレンジメントを病院に配達するのも、今は九条ひとりである。きっと、目の回るような忙しさだろう。

しかも、甫が帰る頃……閉店後の店内でも、九条はやはり忙しそうに働いている。

売れ残った花を、まだ売れるものとそうでないものにより分け、店内を清掃し、翌日の予約が立て込んでいれば、アレンジメントを作り……。

それらを素早く終わらせて、甫が風呂に入っている間に夕食を作って一緒に食べ、その後は、二階の机に向かって、帳簿をつけたり、新しい花の品種について勉強したり……。

親に切望され、仕方なく店を継いだわりに、その仕事ぶりは恐ろしく勤勉で、丁寧だ。

おそらく九条は、どんな仕事でも……たとえそれがバイトでも、仕事に最善を尽くす性格なのだろう。それならば、バイト生活と今の花屋の生活で、休格が立派になってしまうのも頷ける。

あまりに甫にジロジロ観察されるのに閉口したのか、九条もにっこりしてこんなことを言った。

「前から思っていたんですが、大野木先生は肌が綺麗ですね。こうしてすぐ傍で見ても色白だし肌理《きめ》も細かいし……」

「お、おい。お前、何を」

自分のことを言われると突然狼狽《ろうばい》する甫に、九条は他の人には聞こえない程度の声でスラスラと続けた。

「首筋も、細くて長くて素敵なんですよ。おかげでいつも、齧《かじ》ってみたくなったり、キスマークを残したくなったりして、正直困ります」

「…………ッ」

小声とはいえ、公衆の面前であまりにも堂々と睦言《むつごと》を囁かれ、甫の顔は火を噴くように赤くなる。そんな甫の耳元に、九条は笑みの滲《にじ》んだ囁きを吹き込んだ。

「僕はそろそろ出ますよ。何だかこのままだと妙な気を起こしてしまいそうですから」

「ばっ……！」

思わず馬鹿《ばか》と怒鳴ろうとした甫を残して、九条は浴槽から出て行く。別にことさら見たいわけではないのだが、その引き締まった腰の辺りがつい視界に入ってしまい、甫はドギマギして視線を逸《そ》らした。

幸い、広い風呂にテンションが上がったのか、大はしゃぎの小さな男の子たちが浴槽に入ってきて、周囲の雰囲気ががらりと変わる。若干不穏なほうに行きかけた気持ちが、子供たちの無邪気なはしゃぎ声でどうにか平静に戻り、甫はホッと息を吐いた。

（まったく……あいつの迂闊《うかつ》な甘言は、いつも迷惑極まりないな）

そう思いつつも、銭湯自体はなかなかに楽しく快適で、しかも刺激的な体験となった。是非ともまた来てみたいものだが、そのたびに九条に口説きまがいの賛辞を贈られてはたまったものではない。

「余計な発言はしないよう、釘を刺さなくてはな」

そんな情けない決意を胸に、甫はそそくさと湯から上がった。


温泉ではないが、やはり銭湯の湯には、心地良さから普段より長く浸かってしまう傾向があるらしい。

甫が脱衣所へ戻ると、九条はすでに服を着て、竹製のベンチに足を組んで座り、備え付けの団扇《うちわ》でゆったりと火照った身体を扇《あお》いでいた。

「少しのぼせました。先生は大丈夫ですか？」

　ほんの少し赤らんだ顔でそう言う九条に、甫はいの一番に眼鏡を掛けながら、渋い顔をした。

「だ……大丈夫だ。というか……」

「はい？」

「いや。何でもない。服を着る」

「はい、ごゆっくり」

　皆が裸でウロウロしている場所で、九条だけに「俺の着替えを見るな」と声を大にして言うわけにはいかない。甫はそそくさと服を着ながら、気を紛《まぎ》らわせようとこんなことを言った。

「そうだ。俺にも銭湯について知っていることがあるぞ」

　それを聞いた九条は、面白そうに小首を傾《かし》げた。

「何ですか？」

「銭湯で湯から上がると、コーヒー牛乳を飲むのがしきたりだと聞いたことがある！」

「ぶはッ」

　無邪気を煮染めたようなまさかの断言に、さすがの九条も我慢できずに噴き出す。甫は途端に不安げな顔つきになった。

「何だ？　間違いか？　それとも既に廃《すた》れた風習なのか？」

「風習って……あはははは、ああ、いや、失礼。いや、それは未だにけっこうポピュラーではありますよ」

「ポピュラー？　必ずやるべきことではないのか」

「残念ながら、マストではありませんねえ。でも僕は大好きです。是非飲みましょう」

「う、うむ」

九条がそう言ってくれたので、甫はまだ不安げながらも、尊大に頷いた。

服を着てからよく見れば、確かに番台の前あたりに昔ながらのガラス張りの冷蔵ケースがあり、そこには様々な飲料がぎっしり入っていた。

瓶入りの牛乳もあればラムネもあり、今風にスポーツドリンクやお茶のペットボトルもある。ただ、いずれもノンアルコールの飲み物ばかりである。

マストではないと九条は言ったが、けっこう売れ行きはいいようで、ケースの周囲から人がいなくなることはない。

ではいざコーヒー牛乳をと意気込んでガラスケースの前に立った甫は、ふと中に入っている牛乳の種類に気付き、困惑の面持ちになった。その変化に敏感に気付いた九条は、不思議そうに甫の顔を覗《のぞ》きこむ。

「先生？　どうなさったんです？　コーヒー牛乳を飲むんでしょう」

「いや……そのつもりだったんだが」

甫は片手でメタルフレームの眼鏡を押し上げ、もう一方の手でガラスケースの中を指さした。

「普通の白い牛乳と、コーヒー牛乳があるのはわかる。だが、その下にある、この薄黄色い牛乳は何だ？」

そんな疑惑に満ちた甫の問いに、九条はこともなげに答える。

「ああ、フルーツ牛乳ですよ」

「フルーツ牛乳？」

「ご存じないですか？　別にフルーツが入っているわけじゃなく、牛乳にフルーツっぽい香りと風味をつけただけのものです。もっとも今は、法律が改正されて、コーヒー牛乳とかフルーツ牛乳とかいう名称を堂々と使うことはできなくなったそうですが」

ガラスケースを覗き込んだ甫は、感心したように低く唸《うな》った。

「なるほど。それで『カフェオレ』だの『フルーツミルク』だのという名称になっているわけだな。……というより、果汁一滴すら入っていないのに、フルーツ牛乳を名乗るとは。僭越《せんえつ》もいいところだな」

「僭越って、こんなところではなかなか使われない言葉ですけどね。で、どっちになさいます？」

九条はクスクス笑いながら訊ねた。甫は中腰でガラスケースを覗き込み、真剣な面持ちで顎《あご》に片手を当てた。

「ふむ……。無果汁でも、このフルーツ牛乳というのは人気があるのか？」

「たぶん。僕は小さい頃から好きですよ。子供は、果汁の有無なんて気にしませんからね」

「それもそうか……。で、どんな味だ？」

九条は少し困り顔で言いよどむ。

「どんな味かと言われましても……」

しかし、何についてもハッキリした答えを求める甫は、追及をやめない。

「好きで飲んでいたと言ったじゃないか。味を説明するくらい容易いはずだ」

「いや……その。何というか、フルーツ味、ですよ」

「だからそれは何のフルーツだ？　そもそも無果汁なのに、特定の果物の味がするのか？」

「え……っと。何のフルーツ……。言われてみればその疑問はもっともですよね。しかし、うううううん」

唸るばかりの九条に、甫は形のいい眉をひそめる。

「何故答えられないんだ。理解に苦しむな」

しばらく腕組みして首を捻《ひね》っていた九条は、ポンと手を打ってこう言った。

「いや、しかしあの味を特定のフルーツに絞り込むのは、なかなかに困難……ああそうだ、それなら先生が召し上がればいいじゃないですか。そうすれば、僕の頼りない舌をあてにしなくても、先生の疑問は即解決です」

「うっ、そ、それはそうだな」

しかし甫は、すぐにガラスケースからフルーツ牛乳を取り出そうとはせず、難しい顔で黙考する。

「僕は当初の予定どおり、コーヒー牛乳を頂きます。あまり長々考えていると、湯冷めしますよ？」

「うう……しかし。初志貫徹という言葉があるだろう。俺はコーヒー牛乳を飲む予定だったんだ。しかし、フルーツ牛乳という得体のしれない表現がどうにも気に掛かる。しかし、ここで心変わりは成人男性として、あまりにも優柔不断……」

「……ふふっ」

あまりにも真剣に悩む甫の様子に、九条は笑いながら救いの手を差し伸べた。

「先生は何においても真面目ですねえ。じゃあ、半分こしましょうか。コーヒー牛乳とフルーツ牛乳を買って、半分ずつ飲めば、優柔不断じゃないでしょう？」

「む。それはいい考えだな。そうしよう」

ようやく安堵《あんど》した様子で、甫も愁眉《しゅうび》を開く。二人は番台で代金を払い、瓶の蓋《ふた》をそれぞれ開けた。

まずは、甫がフルーツ牛乳、九条がコーヒー牛乳を飲むことにする。

こんなときでも、背中に鉄板が入っているのかと思うほど背筋をピンと伸ばし、堂々と片手を腰に当てたポーズでフルーツ牛乳を口にした甫は、何とも言えない微妙な顔になった。

もう一口飲み、今度は確実に首を傾げる。

コーヒー牛乳を飲みながら、九条は少し意地悪い口調で問いかけた。

「如何です？　疑問は氷解しましたか？」

甫は、一口、もう一口とゆっくり口に含み、ワインのテイスティングさながらにフルーツ牛乳を口の中で転がしてから、仕事中、大きな問題に直面したときと同じくらい深刻な顔でかぶりを振った。

「駄目だな。どうにも中途半端というか、とらえどころのない味だ」

「でしょう？」

「桃のような、酸味の少ないみかんのような、遠くにパイナップルがあるような……」

「ふふ。さすが無果汁、難しい味ですよね。でも、美味しいでしょう？」

甫は曖昧《あいまい》に頷く。

「味は悪くない。何やら懐かしいような味だ。遥《はる》が好きそうだな」

九条は微笑して問いかけた。

「遥君というのは、弟さんでしたっけ。年が離れているとか」

「ああ。九歳年下だ。とにかく小さい頃から甘いものが好きで、菓子を食べ過ぎないようにしょっちゅう注意していた」

「なるほど。……お気に召したのなら、それ、全部お飲みになっても……」

「いや。どうもハッキリしない味で落ち着かない。そっちがいい」

甫はキッパリとそう言い、自分が飲んでいたフルーツ牛乳の瓶を九条に差し出す。それを受け取り、コーヒー牛乳の瓶を甫に渡してから、九条はやけに楽しそうにフルーツ牛乳の瓶に口をつけた。

「やあ、フルーツ牛乳は僕も十年ぶりくらいですね。懐かしくて嬉しいな。しかも、先生と間接キスですからね。嬉しさ倍増です」

「ぶばッ」

お馴染みのコーヒー牛乳で口直ししようとしていた甫は、お約束すぎる九条の台詞《せりふ》にうかうかと動揺し、口に含んだ分をがっつり噴き出してしまったのだった。

＊　＊

そんなこんなで銭湯から九条宅に軽トラックで戻ってきた二人だったが、車から降りた甫は、店舗の閉まったシャッターの前をウロウロしている男性らしき人影に気付いた。

急に花が必要になった客かもしれないと思ったが、今日はシャッターに「本日定休日」の札が掛かっている。それを見て、なおも粘る客はいないだろうと考え直す。

甫は表情を引き締め、九条を手招きした。

「はい？　どうかしまし……」

「しッ。怪しい奴がいる。見てみろ」

「怪しい奴？」

声をひそめて警戒する甫につきあい、車庫の影からこっそりそちらを見た九条は、珍しく驚いた顔をした。

「おや。思いがけない来客ですね」

「客？　花屋の常連か？　しかし、今日はもう……」

「いえ、僕の個人的な知り合いですよ。……ええと、先に中に入っていてください。湯冷めするといけませんから。僕はちょっと彼と話をしてから戻ります」

九条はやけにキッパリとそう言った。いつもと違って、甫に質問の隙を与えない物言いだ。

「わ……わかった」

気圧《けお》されたように頷いた甫に小さな笑みを向けると、九条は躊躇《ちゅうちょ》なく、男のほうへ足を向ける。

言われたとおり家の中に入るのが礼儀だと思いはしたが、やはり訪問者の正体が気になって、甫の足は動かない。

(訪ねて来たのが誰かわかれば、すぐに家に入ればいい。用心のためだ)

自分自身に言い訳し、甫は壁の影に隠れるようにして暗がりに目を凝《こ》らした。

イライラと店の前を行ったり来たりしていた男は、九条の姿を見ると、「お！」とよく通る声を上げた。外灯の明かりがその顔を照らす。

まだ、若い男だった。おそらく二十代前半、九条と同じ年頃だろう。

短めの髪を金に近いくらい明るい茶色に染めて、ヘアワックスで立て気味にセットしている。クッキリした目鼻立ちの、勝ち気そうな顔だ。

「冬洲《ふゆす》。久しぶりだね」

そう声をかけた九条は甫に背を向ける位置に立っているので、甫からは顔が見えない。だが、呼びかけた声はとても懐かしそうだった。

冬洲と呼ばれた青年も、軽く手を上げて挨拶を返す。

「よ。元気そうじゃん」

「僕は元気だよ。冬洲は？」

九条はやはり穏やかな声で返事をする。

「ん？　まあ、見てのとおりって奴？」

ラメ入りの派手なパーカとジャージ姿の冬洲という青年は、両手をポケットに突っ込み、面白そうにジロジロと「フラワーショップ九条」の外観を見回した。

「なあ、これがお前の店？　親から継いだとかいう」

「そうだよ。ささやかすぎてビックリした？」

冬洲は肩を竦《すく》めて大袈裟《おおげさ》に頷いた。

「つーか、ボロくてビックリした。音楽捨てて店継ぐってーから、どんな立派な花屋かと思って見に来てみりゃ、三歩で通り過ぎるくらいちっちぇーんでやんの」

(何だ、あいつは。ずいぶん失礼な物言いをする奴だな。あの礼儀正しい九条の知り合い

とは思えん)

貶《けな》されたのは九条の店なのだが、甫は自分が面と向かって悪口を言われたような憤りを覚え、思わずまなじりを吊り上げる。だが九条は、気を悪くした風もなく、からりと笑った。

「はは、酷《ひど》いなあ。せめて五歩と言ってくれよ」

顔は見えないが、おそらくいつもの笑顔を崩さずにいるのだろう。その表情を想像しながら、甫は初めて聞く九条のタメ口をやけに新鮮に感じていた。

「五歩ね。ま、いいや、じゃあ五歩で。んなことはどうでもよくてさ。俺、わざわざお前に戻ってこいって言いにきてやったんだけど」

(戻ってこい?)

甫は冬洲が乱暴に投げかける言葉を聞きとがめた。相変わらず顔が見えない九条は、軽い驚きを声に込める。

「何の話?」

「だーかーらー、俺、お前とコンビ別れしてから、ひとりでやってたんだけどさ。メジャーデビューが決まったんだよ」

「ああ、それはおめでとう。よかったじゃないか。メジャーでバリバリ音楽やるのが、高校時代からの冬洲の夢だったもんな」

九条の言葉に、甫はようやく冬洲の正体に見当がついた。

（なるほど。高校時代からのつきあいで、音楽をやっていて、九条と「コンビ別れ」をした。……ということは、彼が九条の言っていた、音楽のパートナーなのか？）

九条は時折、自作のカリンバという楽器を弾《ひ》いている。オルゴールに似た音色の、素朴な楽器だ。それを操って奏《かな》でる九条の音楽はいつも緩やかで優しく、彼の人柄そのものだった。

だが、甫が知っているその音楽は、どうしても目の前の、ぞんざいな言葉を吐き出す冬洲という男にはそぐわない。

（どうにもイメージに合わないが……）

戸惑う甫をよそに、冬洲は苛立《いらだ》ったようにスニーカーで地面を蹴《け》りつけながら言葉を継いだ。

「だから！　何他人事みたいに言ってんだよ。花屋継ぐまで、お前だってそうだったろ。二人でメジャー行こうぜって言ってたのに、何丸くなっちゃってんの。いや、お前は昔から丸かったけど、マジで音楽捨てたわけじゃねえんだろ？」

だが、熱っぽい冬洲の口調に対して、九条の声には苦笑と戸惑いが滲んでる。

「捨てたとか拾うとかそういう問題じゃないよ。音楽は好きだけど、僕は音楽は趣味に留めると決めた。バンドを解散するとき、そう説明しただろ？」

「……そうだけど、それマジじゃねえだろ？　親に説得されて、仕方なくだろ？」

「仕方なくだけど、納得ずくだよ。逆に言えば、趣味に留められる程度だったってことだと思う。だからこそ、僕と別れてから、冬洲がメジャーデビューできることになったんじゃないかな」

「ちげーよ、そういうことじゃなくて！　……いやさ、じゃあ百歩譲って、音楽に関してはそれでいいや」

ひときわ荒々しくアスファルトの路面を蹴り、冬洲は声のトーンを上げた。

「けど、お前、高校時代からずっと俺のこと好きだったじゃん。そっちのほうは、そうそう諦《あきら》め切れねえだろ。今だって、俺のこと好きだろ？」

「！」

甫の心臓が跳ねた。

（まさか……そういうことなのか？　音楽のパートナーというだけでなく、そういう意味でも、あの男が九条の相手……恋人だったのか？）

別に、自分が九条の初めての恋人だと思っていたわけではないが、しかし、そういう話をまったくしたことがなかっただけに、九条の過去にまつわる情報が甫を戸惑わせる。

そんな甫の動揺など知るよしもない九条は、困ったように首を振りながら答えた。

「確かにずっとお前のことは好きだったけど、お前は違うだろう。お前はいつも僕に甘えるだけ甘えて、実際に付き合うのは他の女の子たちだった。僕にはたまにいい顔を見せて、便利屋のように扱った。……そうじゃないのか？」

冷静極まりない九条の指摘に、冬洲は決まり悪そうに、そして不服そうに唇を尖らせる。

「……んだよ。お前、何も言わずにニコニコしてっから、気にしてねえのかと思ってたのに、実は妬《や》いてたのかよ。つーか、じゃあ、今俺が来てくれて嬉しいだろ？　俺、お前のこと誘いに来てやったんだし」

「誘いに？」

「そ。なんかお前と一緒にいた頃は、ちょっとお前が重いかなと思ってた。俺のこと見てるお前のさ、視線がこう、背中にべたーっと貼り付く感じがしてさ。ちょいウザかった、正直。音楽に関しても、お前、俺に合わせるだろ。もう、ひたすら。何かセッションって感じがしなくてさ。刺激がねえのよ。こう、やりあってるバトルな感じが俺、もっとほしかったわけ」

「……うん」

「これじゃ、ミュージシャンを自分で雇ってバント編成したほうが楽じゃねって。ちょっとそんなこと思い始めた時期だったから、お前が音楽やめるって言ったとき、まあ潮時《しおどき》かなって思ってOKしたんだ」

「………」

さすがの九条も、元相棒、そしてどうやら長年片想いし続けた相手の、酷い言いように絶句する。だが冬洲は、ぶっきらぼうに話し続けた。

「けどさあ。ひとりでやってみて、何か違うなあって思ったわけよ。あ、ウザイって思ってたわりに、俺、お前のサポートを頼りにしてたんだなって気がついた。音楽でも、その

「……何、プライベートでも」

「……プライベートでも？」

探るような九条の問いかけに、甫の胸がズキリと痛む。冬洲は、落ち着きなく夜空を見回し、投げつけるような口調で言った。

「そ。いなくなって初めて有難みがわかるっての？　お前くらいマメに世話焼いてくれる女っていないのなー。誰とつきあっても、どっか不満でさ。やっぱ俺、お前にすっげー愛されてたのね、贅沢《ぜいたく》かましてたのねって痛感したわけ。だからさ。ダブルの意味で大事にすっから、戻ってこいよ。な、来るだろ？　店とか、誰かに任せちゃえばいいじゃん」

さも当然の権利を行使しているように、冬洲の口調は自信に満ちていた。

（これは……。以前のパートナーで恋人だった男が、復縁を迫りに来たという状況なのか。しかも、あの男のことを、九条がずっと好きだった……）

いくぶん成り行きを理解し始めるにつれて、甫はみぞおちがズシンと重くなったような気がした。以前、職場の人間関係に悩んでいたとき、味わった感覚だ。

（九条は……戻るのか、あの男の元に）

思いもよらない話に、甫の外壁についた手には、不必要な力がこもっている。

しかし、しばらく黙っていた九条は、深い溜《た》め息をついてこう言った。

「悪いけど」

「！」

　ジリジリしながら九条の言葉を待っていた甫も、面と向かって拒絶の言葉を吐かれた冬洲も、同時に息を呑《の》む。

「な……何でだよ！　色々報われて嬉しいだろ。らしくない意地張ってんじゃねえよ！」

「意地なんか張ってないよ」

　だが、ただひとり冷静そのものの声で、九条は言った。

「意地なんか張ってない。もう、僕の中では終わったことなんだ。音楽のことも、お前とのことも。今、花屋の仕事はとてもやり甲斐《がい》があって楽しいし、プライベートでも大事な人がいる。……だから、せっかく来てくれて嬉しいけど、冬洲の希望には添えない」

　どうやらそれは、冬洲にとってはまったく想定外な返答であったらしい。彼は愕然とした顔つきで、髪に手をやった。

「マジかよ。お前、頭大丈夫か？　メジャーデビューだぜ？　お前はなーんにも苦労せずに、俺に乗っかってメジャー行けちゃうんだぜ？　何が不満なんだよ」

「……別に、不満とかじゃないよ。もう、僕にはそっちの道を選ぶ意志がないってこと」

「んなの、信じられねーって。それに、今の彼氏だか彼女だか知らないけど、俺に比べりゃ年季が浅いだろ？」

「…………」

「なあ、即答せずに、頭冷やしてちょっと考えろよ。こんないい話ないって。これまでの罪滅ぼしをして、おつりが来ちゃうと思うけどな。……な、また来るし。返事はそのとき」

「いや、いくら考えても……というか、考える余地は……」

「いいから！　じゃあな！」

言葉は終始強気だったが、最後の言葉は呟き込むように早口で言い終え、冬洲は九条に背を向けた。駅のほうに向かって、そのままスタスタと歩き去ってしまう。

その後ろ姿をじっと見守っていた九条は、深い溜め息をついて振り返った。

「ッ！」

あまりのことに隠れることも逃げることも忘れて立ち尽くしていた甫は、ハッと我に返った。しかし、後の祭りである。

振り返った九条は、甫とバッチリ視線を合わせ、呆《あき》れ混じりの微笑を浮かべて首を傾げた。

「困った人ですね。湯上がりに長く外にいては、いくら暖かくても風邪を引きますよ」

さっき冬洲に対していたときとはがらりと違う丁寧な言葉遣いが、急に甫の胸に引っかかり始めた。冬洲に対する親しげな様子と違い、自分との間に目に見えない壁を作られているように感じたのだ。

「そ……それはお前だって同じだろう」

思わずムッとして言い返した甫に、九条は困り顔で歩み寄る。

「それはそうですが……。いえ、すみません。僕があなたの立場でも、やっぱり立ち去りがたかったと思います。……とにかく、中へ。食事をしながら、きちんとお話ししますから」

「別に、無理に話す必要はない」

立ち聞きという不作法を素直に謝る気になれず、甫はふて腐《くさ》れた口調で言い返す。銭湯に行き、さっきまで高揚していた気持ちは、哀れなほどにしぼんでしまっていた。

だが九条は、そんな甫の肩を抱き、宥《なだ》めるように言った。

「僕が説明したいんですよ。ですから……ね？」

「……子供扱いするな」

優しくされるとごまかされているようで、甫は思わず九条の手を払いのける。

「大野木先生……」

戸惑ったような九条の声を背中に聞きながら、甫は通用口に向かってドカドカと大股《おおまた》に歩いていった……。


「お聞きになったとおり、彼……冬洲トオルは、僕の高校時代の同級生でした」

酢豚とチャーハンという中華料理店のような夕食を摂りながら、九条は淡々とした口調で打ち明け始めた。

大きな肉の塊を頬張《ほおば》った甫は、不明瞭《ふめいりょう》だが無愛想な声で口を挟む。

「本当に、俺に詳しく語る義務はないぞ」

立ち聞きしたことに対する罪悪感や後ろめたさもあるが、甫の真意は、むしろ「聞きたくない」だった。九条の過去を知れば知るほど、不安が増していくような気がしたのだ。

だが九条は、大きくかぶりを振った。

「いいえ。嫌でなければ聞いてください」

「……わかった」

本心を言えば、嫌だ。なのだが、そう言われては強がらずにいられない甫である。半静を装い、大口にチャーハンを頬張る。

九条は、そんな甫を切なげに見つめながら口を開いた。

「入学式の日から、僕は彼に片想いしていました。彼は今とあまり変わらず、あんなふうに我《わ》が儘《まま》で勝ち気で、でもギターを弾いて歌う姿が本当にかっこよくて、キラキラしていたんです」

「…………」

甫は口いっぱいに食べ物を頬張り、発言することを回避しつつも、瞬《まばた》きで相づちを打つ。

「音楽を始めたのも彼に近づきたかったからです。彼がベースを弾ける奴を探していると言ったから、まずはベースから猛練習しました。……そこから本当の意味で音楽に興味を持ち始めましたが、動機はまったく不純です。軽蔑《けいべつ》されるかもしれませんね」

「…………」

今度は小さくかぶりを振る甫の、ハムスターのように膨らんだ頬を見て、九条は切なそうに眉尻《まゆじり》を下げて微笑した。

「ありがとうございます。……高一でバンドを組んで以来、彼がああいう独断専行な性格なので、バンドメンバーはコロコロ変わりましたが、僕はずっと彼の傍にいました。高校を卒業すると、ミュージシャンになることを目指して一緒に上京しました。冬洲とは一緒に住んで、二人してバンドとバイトに明け暮れる日々を長く送りました」

「………」

今、俺にしているように、あいつの世話を焼きまくっていたのか……という質問を口に出すには、甫はプライドが高すぎる。もぐもぐ口を動かして沈黙を守ったが、表情を見れば、彼の言いたいことは火を見るよりも明らかだだ。

「ずっと片想いでも、傍にいられるだけで嬉しかったんです。いかにも十代の恋っぽいひたむきさで。彼はゲイではありませんでしたから、付き合うのはいつも女の子たちでした。僕には目もくれませんでしたよ。……自分が何か、僕にしてほしいとき以外は」

「……してほしいこと、とは？」

ようやく、甫は短い問いを口にする。九条はまっすぐ甫の目を見て答えた。

「女の子と遊ぶお金が足らないとか、新しい楽器がほしいとか、まあ、そういう類のことです」

「それじゃ、金づる扱いされていたわけか！」

思わず憤慨する甫を宥めるように片手を軽く上げ、九条はそれでも正直に頷いた。

「そうですね。……でも当時の僕は、彼がそんなふうに頼ってくれるのすら嬉しかったたんですよ。我が儘や無理を言ってもらえる相手は自分だけ。自分はそれだけ彼にとっては近くて特別な存在だと、そんなふうに」

「馬鹿げている」

「本当に」

クスリと笑って、九条はこう続けた。

「でも、そんな喜びは、本当の幸せではありませんよね。実際、彼は僕から妙なプレッシャーを感じていたそうですし、僕自身も、どこか寒々しい思いをしていました。ですから、今にして思えば……さっき、いみじくも彼が言ったように、音楽をやめて彼の元を離れたのは、いい潮時だったんです」

「いい潮時……」

「はい。この店を継いで、あなたという得難い人と出会えて。僕は今、とても幸せですから。両親には感謝してもしきれません」

九条の言葉には嘘もてらいもなかったが、甫はそれでも、胸に芽生えた疑念を消し去ることができなかった。

「俺は音楽のことはよくわからないが」

「……はい？」

余計な干渉をしている、お節介なことを言っていると思いつつも、甫は問わずにはいられなかった。

「メジャーデビューというのは並大抵のことではないだろう。これは大きなチャンスなんじゃないのか?」

九条は困惑しつつも頷く。

「まあ……そうですね。メジャーへ行ったからといって成功が約束されたわけではありませんが、チャンスに違いはないでしょうね」

「だったら……」

九条が未だに音楽に思いを残していることは、彼の普段の言葉や、カリンバを扱う手つき、演奏中の楽しげな表情から痛いほど感じられる。だからこそ、甫は食い下がろうとした。

だが、九条は彼にしては厳しい声で甫の言葉を遮る。

「いいえ。もう、何もかも終わったことです。考え直すつもりはありませんよ。僕は花屋の仕事を続けていきますし、恋人として正式採用される日が早く来るよう、あなたのことも愛し続けていきます。それだけです」

彼の声には、どこか甫を拒絶するような響きがあった。

言うべきことはもう言った。筋は通した以上、この問題には、お前は関係ない。……そんな風に言外に告げられた気がして、甫は何も言えなくなってしまう。

「………」

「あなたが心配するようなことは何もありません。……ああそうだ、熱いほうじ茶でも煎《い》れましょうね」

絶句させたことを詫びるように、九条はどこかぎこちない笑顔でそう言って立ち上がった。

「あ……ああ」

こちらもそれ以上何を言えばいいかわからないまま、甫も頷く。

日々少しずつ近づいていた互いの心が、今、初めて少しすれ違いつつある……。そんな不吉な予感を孕《はら》んだ沈黙に、甫はただ戸惑うばかりだった……。


そして、翌日の日曜日。

本来ならば休日だったはずなのだが、九条と二人でいることがどこか息苦しかった甫は、やり残した仕事があると嘘をつき、朝から医局に来ていた。

内科や外科と違い、リハビリ科は基本的にカレンダーどおりに休みの取れる仕事である。容態が急変する患者など滅多にいないし、休日に診察しなくてはならないような患者もまずいない。

それをうすうす知っているだけに、九条は不思議そうな顔をしたが、甫は構わず出勤した。とにかく、九条からひとまず離れ、昨夜のことをじっくり考えたかったのだ。

（あの冬洲という男を、九条はずっと好きだった。おそらくは去年、奴と別れて実家の店を継ぐまでずっと）

昨夜の冬洲と九条の会話、そしてその後の九条の補足説明を思い出しながら、甫は自分の机に向かい、意味もなくノートパソコンを立ち上げた。何かしていないと、心がざわついていたたまれなかったのだ。

(話を聞く以上、自分の恋心が報われることがないと思ったからこそ、九条は冬洲との関係に見切りをつけたんだ。だが今、奴の気持ちが九条に向いている。俺なんかより、長年想い続けた相手との恋が成就するほうが、九条にとっては幸せなんじゃないのか……?)

起動中のパソコンモニターをぼんやりと眺め、右手に持ったボールペンをクルクルと回しながら、甫は嘆息した。

あの冬洲といういかにも自分勝手に振る舞う男に、自分が引けを取るとは思わない。だが、本人が言っていたように、九条の恋慕の情を受けていた時間の長さという点においては、彼のほうが遥かに優位なのだ。

それを思うと、甫は気管に鉛が詰まったような気分になる。

自分は九条に一目惚《ひとめぼ》れされ、たまたま精神的に参っていたところを救われ、猛烈に口説かれて、「お試し」の恋人になることを受け入れただけだ。この先、それが本物の恋人関係に発展するかどうかはわからない。

(だったら……冬洲と九条が両思いになるのなら、そちらのほうが九条のためなんじゃないか……?)

それに、音楽に関しても、元の相棒と、メジャーデビューという大きなチャンスを摑《つか》めるなら、意地を張ってそれを退けるのは愚かなことではないだろうか。

現に昨夜、甫が眠りについてから、九条は階下でひとり、カリンバを弾いて何か考え込んでいた。音で目が覚めた甫は、それを階段の途中からしばらく見守っていたのだ。

終わった話だと言いながら、九条は気持ちに整理をつけきれていない。そう判断した甫の胸に芽生えたのは、年長者の自覚だった。

本格的に知り合ったきっかけが、街頭で酔い潰《つぶ》れていた甫を、九条が助けて連れ帰った……というろくでもない事件だっただけに、これまでは、九条が甫に対して驚くべき包容力を発揮することが多かった。

だが実際は、甫のほうが九条よりうんと年上なのだ。むしろ、九条は甫の弟、遥と年齢が近い。

共働きの両親に代わり、遥の兄でありながら親代わりも務めてきた甫だけに、こういう事態になって、九条に対して急に保護者めいた感情が湧《わ》き起こってきたらしい。

机の上には、定期的に九条が交換していく小さなフラワーアレンジメントがある。たいてい、彼が甫のイメージにぴったりだと主張するガーベラがあしらわれているが、今あるものは、ガーベラが切れていたとかで、小振りのバラと小花で作られたものだ。

「あいつは確かにしっかりしているが、それでも俺よりずっと若い」

当たり前の事実を口にして、フラワーアレンジメントを眺めながら、甫は難しい顔で腕組みした。

確かに、冬洲とのことは、彼と九条の問題であって、甫が口を挟むようなことではない。だが、やはり縁あって今は恋人らしき関係にあるわけだし、甫自身が九条に窮地《きゅうち》を救われたという強い自覚がある。

恩返しというほどのことではないにせよ、やはり、音楽に関しても、プライベートに関しても、自分がしっかりと考え、九条のために最善の選択肢を示してやるべきではないか。

甫はようやくそんな決意にたどり着いた。

とはいえ、音楽も恋愛も、これまでの彼の人生経験には存在しなかった引き出しである。何をどう考えればいいのかわからなくて、強い決意とは裏腹に、気持ちは混乱するばかりだ。


「どうすれば……いいんだろうな」

思わず天井を仰《あお》いでそう呟いたとき、医局の扉が開いた。

ひょこっと顔を出したのは、理学療法士の深谷《ふかや》知彦《ともひこ》だ。お互い誰も来ない、誰もいないと思っていたらしく、甫と知彦は、視線があった瞬間、同時に驚きの声を上げた。

「お前、いったい何しに来た」

「先生、何してらっしゃるんですか」

互いに同じ質問を口にしたことに気付き、気まずい沈黙が落ちる。

先に口を開いたのは、知彦のほうだった。

「今日は、遥君がコッペパンの師匠のところへ行って留守なので、文献を読もうと思って来たんです。英文を読むのに、時間が掛かりすぎるもので。……先生は？」

「……雑務を片付けに」

甫は適当な嘘を言い、さりげなくいつもの問いを口にした。

「遥は元気でやっているのか？」

知彦は笑顔で頷く。

「はいっ。相変わらず頑張ってます。今日も、試作したコッペパンを持って、師匠に食べてもらいに……」

「余計な情報はいいというのに。……ああいや、それより、深谷」

自分の部下であり、大事な弟の恋人でもある知彦を、愛憎半ばする思いで指導している甫だが、ふと思いたってこう訊ねてみた。

「もし、遥の……」

「遥君の？」

遥との交際について何か咎《とが》められるのかと、甫の傍まで来て直立不動になった知彦に、甫は顰《しか》めっ面《つら》で問いかけた。

「遥の以前の恋人が現れて、復縁を望んだらどうする？」

「!?」

知彦は目を剝《む》いた。厳格そのものの上司が、いくら休日で二人きりとはいえ、神聖な職場でプライベートな、しかも恋愛絡みの話題を持ち出すとは思いもよらなかったのだ。

「そ、そんな人物がいるんですかっ」

狼狽《うろた》えて思わずそんな問いを口にした知彦に、甫は苦虫を嚙み潰したような表情と声で言った。

「馬鹿。たとえだ。あの内気な遥に、そんな人物はいまい。仮定の話として……お前はどうする？」

「そんなことを訊かれても……」

それはもしや、あの花屋の九条さんのことですかと、甫と九条の関係を九条に聞いて知っている知彦は、喉《のど》まで出かかった質問を賢明にも飲み下した。

別に、男性である遥とつきあっている知彦には隠すようなことではないと思うのだが、甫が頑としてそのことについては語りたがらないので、知彦も何となく二人のことは知らないふりを続けている。

「あの、物凄《ものすご》くざっくりした答えでもいいですか？」

「構わん」

どこか緊張の面持ちで自分の返答を待っている甫の視線の鋭さにドギマギしつつ、知彦は仕方なく、頭に浮かんだ答えを口にしてみた。

「とりあえず、その相手がどんな人か調べると思います。決定するのは遥君ですけど、やっぱり僕としては、その相手が遥君にふさわしい人物かどうか知りたいですし」

「……それだ！」

「わッ！」

知彦の答えを聞くが早いか、甫は凄《すさ》まじい勢いで立ち上がった。びっくり箱が開いたときと同じくらい激しい動きに、知彦は思わず奇声を上げて後ずさる。

甫は、眼鏡の奥の切れ長の目を光らせ、強い口調で言った。

「貴重な意見だ、深谷。そうだな。何をするにも、まず敵を知ることが必要だな！」

「て……敵、ですか……？」

それは恋敵という意味で？　と追及したい気持ちを必死で抑え、知彦は仁王立ちの上司に向かって、「お、お役に立ててよかったです」と力なく言うのがやっとだった……。

二章　あなただけを見ている

その夜、知彦は恋人の遥の家で、夕食を共にしていた。

幼い頃のトラウマで炎を見るのが怖い遥のために、最近ではすっかり、仕事帰りの知彦が夕食を作る習慣が出来上がっている。

そのまま遥宅に泊まることもあれば自宅へ帰ることもあるが、いずれにせよ、毎晩遥と他愛ない話をしながらくつろいだひとときを過ごすのが、知彦の日々の楽しみだった。

今日はみずからが経営するコッペパン専門店「遥屋《はるや》」が定休日で、遥はパン作りを習った師匠の元に自作のコッペパンを持って遊びに行っていた。

そこでもらった貴重なアドバイスの数々を、知彦にも聞かせたくて仕方がないらしい。二十二歳という年齢よりうんと幼く見える顔をうっすら紅潮させ、一生懸命に師匠との会話を再現してみせる。

「でね、先生が、お前ちょっと自信つけ過ぎじゃないか、コッペパンは謙虚な気持ちで作らなきゃ駄目なんだぞって言うんだ」

「うん」

「でもさあ、前に行ったときは、お前、こんなに自信のなさが透けて見えるコッペパンでどうすんだよって怒られたんだよ？　自信持っても持たなくても怒られるんじゃ、どうすればいいのかわかんないっつの。そう思わない？　深谷さん」

「……うん」

メインのおかずのハンバーグを頬張りながら、いつものように遥のお喋《しゃべ》りに耳を傾ける知彦だが、今日は大事な恋人の話にあまり集中できないでいた。

頭の中で、今日の昼、上司であり遥の兄である大野木甫との会話が、ささくれのように胸に引っかかって仕方がないのだ。

「何をするにも、まず敵を知ることが重要」と、確か甫はそう言って意気込んでいた。

敵とは、いったい誰のことなのだろう。

もしや本当に、あの温厚な花屋の店主、九条夕焼の以前の恋人が現れ、復縁を迫っているのだろうか。それで恋愛経験の乏しい甫が精神的に煮詰まって、同性の遥とつきあっている自分に、藁《わら》にも縋《すが》る思いで相談を持ちかけてきたのではないか。

甫は知彦が九条と顔見知りであることは知っているが、それは単なる「理学療法士と、病院にしょっちゅう出入りするフラワーショップ店主」という関係に過ぎないと思い込んでいる。

だが、ひょんなことから九条と知り合い、互いの恋愛模様について語り合ったことのある知彦は、九条と甫がつきあい始めたことを知っているし、たまに九条と顔を合わせたときには、職場での甫の様子を語ったりもする。

そんなスパイまがいのことをしていると甫が知れば気を悪くするだろうが、知彦としては、甫のことが心配だからこその「お喋り」だった。

何しろプライドが高く意地っ張りなせいで、誰かに悩みを打ち明けたり、弱みを見せたりすることが極めて下手な甫である。

数ヶ月前、そのせいで職場の療法士たちとの関係が悪化し、職場のほぼ全員から無視され続けた甫も、両者の板挟みになった知彦も、かなり厳しい思いをした。

そのとき、甫に救いの手を差し伸べてくれたのが九条だった。

頑《かたく》なな甫の心にいとも容易く入り込み、甫のほうから療法士たちに一歩歩み寄るよう、驚くほど上手に諭《さと》してくれた。

九条とつきあい始めてから、甫は以前より少し性格が丸くなったように思える。知彦としては、部下としても義理の弟（とは甫自身は死んでも認めないだろうが）的立ち位置の人間としても、甫にはこのまま九条と幸せになってほしいと切に願うところなのだ。

しかし……。

（その九条さんが、昔の恋人とよりを戻すかもしれないってことなのかな。だとしたら、大野木先生、大打撃だよな）

九条はいつも、「僕が一方的に先生のことを好きなだけなので」と言うが、知彦の目には、甫も九条のことを少なからず想っているように見える。

甫の机の上には、いつも九条お手製の小さなフラワーアレンジメントが飾られているし、数日前などは、九条が作ったとおぼしき弁当を旨《うま》そうに食べていた。

ここ数ヶ月で出勤時刻が少し変わったのは、きっと、病院の筋向かいにある九条宅で寝泊まりしているからだろうと容易に想像がつく。

せっかく職場の雰囲気も以前よりずっとよくなり、皆のチームワークも強くなりつつあるところだ。それもこれも、甫が以前の刺々《とげとげ》しさを抑え、少しずつではあるが、部下を労《いたわ》ったり、努力を言葉にして評価したりと、地道な努力をするようになったことが大きい。

それなのに、九条との仲がこじれて、また甫が元に戻ってしまったら……。

そう思うと、少ない情報からあれこれ想像して、オロオロしてしまう知彦なのである。

一方、そんなこととはつゆ知らぬ遥は、一生懸命話しているのに知彦が上の空であることに気付き、優しい眉をキリリと吊《つ》り上げた。

「ちょっと！　聞いてる、深谷さん!?」

「えっ？」

バシンとちゃぶ台を叩《たた》かれ、物思いにふけっていた知彦は、ハッと我に返った。真正面で、遥が絵に描いたような膨れっ面をしている。

「あ、ご、ごめん、何？」

「何じゃないよ！　さっきからずっと俺、先生んちでのこと話してるのに、深谷さん全然聞いてなかったんだ？　俺の話、そんなにつまんない？」

遥は基本的に大人しいのに、心を開いた相手にはずいぶんと内弁慶《うちべんけい》に振る舞う。いかにも甫に過保護に育てられたことが窺《うかが》える末っ子気質も我が儘も、基本的には無邪気で可愛いのだが、いささか怒りっぽいところが玉に瑕《きず》と言えるだろう。

「あああ、ごめん。ごめんよ。違うんだ。ちょっと考え事をしてさ」

知彦はすぐに箸《はし》を置いて両手を合わせ、平謝りに謝った。こういうときには、とにかく謝るしかない。

知彦が素直に反省したので、遥もどうにか機嫌を直し、少し心配そうに知彦の実直そのものの顔を覗き込んだ。

「考え事？　どしたの？　もしかして、また兄ちゃんに苛《いじ》められてんの？　俺、いつでも怒ってあげるから、悩まずに言ってよ」

「違うよ。そうじゃなくて……」

「じゃあ何？」

遥もまた、甫と同じで、自分が納得するまで質問をやめない。変なところで似た兄弟だと思いつつ、ふと訊ねてみたい誘惑にかられて、知彦は言ってみた。

「うーん。たとえばさ。今、僕の昔の彼女が突然現れて、僕とよりを戻したいって言い出したら、遥君ならどうする？」

「ええっ？」

遥は茶碗《ちゃわん》を引っ繰り返しそうな勢いで、ちゃぶ台に両手をついて知彦のほうに身を乗り出した。

「何っ？　もしかして、今日病院に行ってたって嘘なのっ？　もしかして、俺に隠れて昔の彼女と会ってたわけ!?」

「あああ、違う違う違う。それは誤解だって！　僕に限って、そんなモテモテな事態は起こりえないから。落ち着いて。たとえばの話だって言ったろ？」

　慌てて両手を上げ、宥めにかかる知彦を、遥はしばらく大きな瞳を凝らしてじっと睨《にら》んでいたが、やがて納得したのか、勢いよく座布団の上に座り直した。

「じゃあ、何で急にそんなたとえ話？」

「いいから。遥君ならどうする？」

　遥はしばらく考えて、それからうんと頷き、きっぱりと言った。

「俺だったら、そいつと戦っちゃう！　今はもう、深谷さんは俺のなんだから、今さらほしいって言ったって遅すぎるもん。絶対あげないからね！」

「……ぷっ」

　まるで自分を大事な宝物のように表現する遥が可愛くて、知彦は思わず小さく噴き出した。遥は途端に、再び丸い頬を膨らませる。

「何だよ！　何笑っちゃってんのさ！」

「い、いや……重ね重ねごめん。何だか嬉しくて。……でも、そうか。兄弟なんだから、大野木先生も、そういうタイプかな」

「ん？　何で兄ちゃん？」

遥は首を傾げた。遥の実兄であり、知彦の上司である関係上で、二人の間で甫が話題に上るのはそう珍しいことではない。だが、この話題、このタイミングで兄の名が出たことがどうにも不思議だったのだ。

知彦はしまったという顔をしたが、うっかり口にしてしまった以上、ごまかすことは不可能だろう。彼は仕方なく、食事を再開しながら言った。

「ほら、前にちょっと話しただろ。大野木先生に、恋人ができたみたいだって話」

遥は少しつまらなさそうに頷く。

「うん。何か花屋のお兄さんとかって？」

「そうそう。遥君よりちょっとだけ年上かな？　九条さんっていって、凄くいい人だよ」

「ん……まあ、あの兄ちゃんが好きになるくらいだから、いい人に決まってるけどさ」

やはり長年自分だけを可愛がってくれた兄が、他の誰かを大切に想うことがいささか面白くないのだろう。しかし同時に、それが我が儘だともわかっているのか、遥はそんなことを言って、小さな肩を竦めてみせた。

「もしかしたら、その九条さんの昔の恋人が現れたのかなあ……って考えてたんだ。今、僕が遥君にしたような質問を、今日、大野木先生にぶつけられたもんだから」

「マジで!?」

「う、うん。あ、いや、これは僕の勝手な想像で、事実と違うかもなんだけどね」

知彦は、てっきり遥が烈火《れっか》の如《ごと》く怒り出すと思い、さりげなく身構えた。

何だかだ言ってもお互いのことが大好きな大野木兄弟なだけに、大事な兄を傷つけるような人物を、遥は許すまいと思ったのだ。

だが、そんな知彦の想像を軽く裏切って、遥は「なーんだ」と言い捨て、ハンバーグを頬張った。拍子抜けして、知彦は思わず肩に入っていた力を抜く。

「な、なーんだって……」

とろけるチーズを載せて焼いたハンバーグを美味しそうに食べながら、遥はあっけらかんと言った。

「だって、大丈夫だもん」

「そ、そう?」

「当たり前じゃん。兄ちゃんだよ? 元の恋人がどんな人か知らないけど、誰が来たって負けるわけない」

「ああ、そういうことか」

なるほど、兄自慢の気持ちがそっちへ向かったか、と知彦は感心させられる。

「そうだよ。もし兄ちゃんより前の恋人を取るような人なら、兄ちゃんのホントの良さがわかんない、つまんない奴だもん。とっとと別れて正解!」

「……はあ」

「俺、兄ちゃんにそう言ってあげようかな」

「わーっ、待って待って！　まだそうと決まったわけじゃないし、大野木先生だって立派な大人なんだから、放っておいても大丈夫だよ！」

突如雲行きが怪しくなり、今度は知彦が腰を浮かせて遥を制止にかかる。遥はキョトンとして小首を傾げた。

「そう？」

「うん。いよいよ遥君の出番、ってときは、僕がちゃんと知らせるから。ね？」

「ん……。ならいいけど。でも深谷さん、兄ちゃんのこと、職場でちゃんと見ててあげてよね。俺、兄ちゃんのこと大好きだし、やっぱ幸せになってほしい。好きな人がいるんなら、その人と上手くいってほしいもん。……俺の兄ちゃん取られるみたいで、ちょっとつまんないけど」

最後の一言はごく小さな声で付け足して、遥は大口にばくりと茶碗のご飯を口に放り込む。顔の形が変わるほど口いっぱいにしてもぐもぐやっている遥に、知彦はクスリと笑って言った。

「僕がいるじゃないか」

それを聞いて、遥はちょっと困った顔で、上目遣いに知彦を見た。

「そりゃそうなんだけどさ。でもやっぱ、こう、何ていうか……」

「わかってるよ。たったひとりのお兄さんなんだ。大野木先生のことは、別枠で大事、なんだろ？」

「うん、そう、それ！　別枠！　深谷さんのことは凄く大好きだし、大事だよ？　それはわかっててくんないとやだからね」

知彦の助け船に、遥はパッと顔を輝かせる。知彦は笑顔で頷いた。

「本当にわかってる。だってお兄さんのほうも同じだからね」

「兄ちゃんも？」

「うん。九条さんと仲良くやってても、いつだって僕と二人になると、『遥はどうしてる』って訊くんだよ」

「ホント？」

「本当。で、『余計な情報は必要ない』って怖い顔で言うわりに、遥君が頑張ってるって聞いて、ちょっと嬉しそうにしてる」

「わー。やっぱり兄ちゃんは兄ちゃんだ！」

遥は心底嬉しそうに、ニコニコ顔になる。やはり多少は妬けるな……と思いつつも、微笑ましい兄弟の絆《きずな》に、知彦は自分の顔もほころんでしまうのを感じたのだった。


ところが、その翌日。

「ちょっと、深谷君」

自席で資料の整理をしていた知彦は、ロッカーの影から小声で呼ばれ、顔を上げた。そこには、理学療法士の先輩、谷田部《やたべ》が立っている。手招きされるままに、知彦は谷田部の傍に行く。

「谷田部さん？　どう……」

「しっ。ちょっとさ。坊ちゃんに声をかけてもらえないかな」

すっかり帰り支度のできた谷田部は、声をひそめてそんなことを言った。

甫と大揉《おおも》めし、どうにか和解できてからというもの、谷田部は陰で甫のことを「坊ちゃん」と呼ぶ。

最初は蔑称《べっしょう》かと思ったが、そうではないらしい。基本的に上から目線でワンマンだが、意外と寂しがり屋で可愛いところもある甫に対する愛着が具現化した呼び名だというようなことを、谷田部本人がおどけながら説明してくれた。

どうやら、「坊ちゃん」呼ばわりは、少しへそ曲がりな谷田部なりの、年下の上司に対する愛情表現であるようだ。

その証拠に、以前と同じく暴言とイヤミの応酬になっていることも多々あるが、甫と谷田部はあれ以来、本格的な冷戦に突入することはない。お互いそれなりに譲歩し、基本的に良好な協力関係を保っている。

そんな谷田部が妙に心配そうな顔をしているのが気になって、知彦は首を傾げた。

「僕、今日は夕方まで患者さんに付き合って義足の製作所へ行ってたんで、よくわからないんですが……もしかして、大野木先生と何かあったんですか？」

すると谷田部は、大袈裟な顰めっ面で肩を竦めた。

「どうもこうも。何を言っても上の空だし、やたら大きな溜め息ばかりつくし、そうかと思えば細かいことでクドクド怒るし。いつにも増して扱いにくいったらないよ」

「あー……」

やはり九条と何かあったのかと、昨日のことを思い出して、知彦は微妙な相づちを打った。個人の問題に立ち入るのはどうかと思い、詳しい話を甫から聞きはしなかったが、あるいは知彦が想像するより、事態は深刻なのかもしれない。

知彦のリアクションを、事情を理解したものと受け取ったのか、谷田部は苦笑いで知彦の二の腕をぽんぽんと叩いた。

「何があったのか知らないけど、適当に相談に乗ってあげてよ。君、坊ちゃんと特に仲良しでしょ」

「仲良しっていうか……いやまあ、その。僕、鈍くさいから特にお世話になってますし」

よもや、先生の弟さんと恋仲ですからね、とは言えず、知彦は適当な返事をする。谷田部は納得顔で頷き、痩《や》せた頬を片手でスルリと撫でた。

「そりゃまあ、馬鹿な子ほど可愛いっていうからね。とにかく、悩みを聞いてどうにかしてあげてくれないかな。君だってアレでしょ、職場の人間関係は円滑なほうがいいでしょ。ね。医局の貴重な人柱だと思って」

「ひ、人柱って、そんな」

「頼んだよ。じゃ、お疲れ」

谷田部は知彦の肩をポンと叩くと、「お先に失礼します」とことさらに大きな声で宣言して医局を出て行った。

昼間は医局員がひっきりなしに出入りして賑やかな医局に、甫と知彦だけが残される。勉強会やミーティングがない限り、たいてい定時か、せいぜい一時間程度の残業で帰れるリハビリ科だけに、皆、他科に比べると帰宅が早い。居残ってまで残務整理や勉強に励むのは、自習の勉強会当番か、甫と知彦くらいのものなのだ。

(何とかしろと言われても……困ったなあ)

知彦は、ロッカーの向こうに甫の気配を感じつつ、小さな溜め息をついた。甫の性格上、知彦から水を向けても、それに応じることはないだろう。それどころか、要らぬ干渉をするなと、余計に機嫌を損ねさせてしまうかもしれない。

(どうしたもんだろう)

知彦はゆっくりと自席に戻りつつ、少し離れた席にいる甫の様子をさりげなく観察した。

普段から、デフォルトが不機嫌顔の甫だが、なるほど、谷田部が言っていたとおり、ノートパソコンの画面を睨む横顔は、いつにもまして険しい。

眉間に深い縦皺を刻み、おそらくは論文なのだろうが、キーボードを激しく叩いて何やら打ち込んでいる。

(谷田部さんも、酷だよ。これじゃ、いくら僕でも話しかけられる雰囲気じゃない)

とりあえず、自分の席で仕事をしながらタイミングを測ろう。そう思って椅子の背に手を掛けたとき。

「……深谷」

パソコンから視線を逸らさず、甫がいきなり鋭い声で呼びかけてきた。

「は、は、はいっ？」

驚きのあまり上擦った声を出した知彦を、甫は不思議そうに見た。

「何か、邪魔をしたか？」

「い、いえ。その、な、な、何ですか？」

突然のことで、動揺を抑えきれない知彦に、甫は怪訝《けげん》そうにしつつも口を開いた。

「いや、その……昨日の話なんだが。その、遥の前に、過去の恋人が現れて云々《うんぬん》というたとえ話をしたろう、そのことで……」

「ああ、九条さんの話ですか？」

「何ッ!?」

動揺のあまりポロリと出てしまった言葉を知彦が悔やむ間もなく、甫はまなじりを吊り上げた。

「あ……え、えと」

「何故、九条の話だとわかった」

答えなければお前を取って喰《く》う、くらいの妙な気迫で問い詰めてくる甫の目元が、ぼんやりと赤くなっている。それを見れば、どうしても何もないようなものだが、生真面目な知彦は、律儀に答えた。

「大野木先生が、恋愛関係のことに興味を持たれて、しかもたとえ話とはいえ、そのことで僕に質問なさるってことは……やっぱり医局以外の共通の知人がらみの話、ってことなんだろうと。だったら九条さんじゃないかと、そう思いました。その、僕、先生と九条さんがおつきあいしておられるってのも、何となくわかっていて……」

「な……な、な、な、何故だ！」

今度こそ顔を真っ赤にして、甫は怒るというよりむしろどこか怯《おび》えた様子で立ち上がる。

知彦は、慌てて弁解めいた説明をした。

「いや、そ、その、だって、見ていればわかります。僕、何度か、先生が九条さんの家から出て来るところを目撃したことがありますし、夜に近所の中華料理屋に二人で入っていくのも見たことありますし。あと、先生の机にはいつだって九条さんの作ったアレンジメントが置いてあるし、何より先生、最近、手作り弁当とかたまに食べてるじゃないですか。色々考え合わせれば、九条さんとつきあってると思うの、普通だと思うんですけど」

「な……なるほど。理論的な帰結だ」

照れ隠しなのか、やたら難解な言葉を使い、甫は力なく椅子に座り込んだ。深い溜め息をつき、そのついでのように言葉を吐き出す。

「その、だな。わかっているなら話が早い。実は一昨日、九条の元相棒の男が現れたんだ」

自分のほうを見ず、ボソボソと語る甫に歩み寄り、知彦は戸惑いながら問いかけた。

「元相棒っていうのは、元恋人ってことですか？」

甫は唇をへの字にひん曲げ、曖昧に首を傾げる。

「いや。恋人関係になったことはないらしい。ただ、高校の同級生で、当時から九条がずっと相手の男に片想いしていたそうだ。で、その男は九条の気持ちを知っていながら応《こた》えることはせず、そのくせ二人は同居して、一緒に音楽活動をしていたらしい」

「……うわ。それはまた、一歩間違ったら凄い修羅場《しゅらば》になりそうな関係ですね」

「修羅場になる前に、九条が花屋を継ぐことになって、音楽活動におけるパートナーシップを解消し、恋慕の情にも見切りをつけて別離したようなんだが……」

「一度も九条さんの気持ちに応えなかったのに、今さらその、元相棒の人が戻ってきたんですか？」

甫は投げやりに答える。

「そうだ。元相棒はまだ音楽を続けていて、メジャーデビューが決まったらしい」

「それは凄いじゃないですか」

「らしいな。音楽活動において、九条のサポートが必要だと、そういう意味合いのことを言っていた。しかも、私生活においても、これまでの九条の献身の有難みがようやく理解できたそうだ」

「ということは、公私ともに、九条さんを再びパートナーとして迎えたいと？」

「ああ」

せっかくの涼しい顔だちを顰めっ面で台無しにした甫を見やり、知彦は遠慮がちに訊ねた。

「その……当の九条さんは何と？」

「どちらももう終わった話だときっぱり断っていた」

「だったら、いいじゃないですか」

「いいわけがないだろう！」

そこでようやく、甫は知彦を険しい顔で見据えた。別に自分に咎があるわけではないのに、いきなり叱《しか》りつけられたような気分で、知彦はしゅんと項垂《うなだ》れる。

「す、すいません」

そのしょげように、自分の態度の荒々しさに気付いたのだろう。甫は気まずげに咳払いすると、手近な椅子を指さした。

「すまん。お前には本来、無関係な話なのにな。……とにかく、座れ」

「……はい」

知彦は、言われるままに素直に椅子を引き、甫と向かい合うように座った。自分の気持ちを落ち着けるように、また一つ嘆息してから、甫は話を続けた。

「俺は、九条がまだ音楽への愛情を残していることを知っている。……恋愛云々のことも、高校時代から片想いし続けていた男と、ようやく恋仲になれるチャンスなんだ。九条にとっては、願ってもないことだろう」

「でも、今九条さんは、先生とおつきあいなさっているんでしょう?」

「まだ『試験期間中』だ。……まあ確かに、あいつが元相棒の誘いを断ったのは、俺に対する遠慮があったんだろうと思ってな」

「……ああ……」

「自分から俺を口説き倒しておいて、前の男がその気になったから、とっとと乗り換える……というのは、やはり気が咎めるんじゃないか?」

「それは……はあ、そう……ですかね、やっぱり」

知彦は曖昧に頷く。彼とて、海千山千というわけではない。恋愛経験に関してはおそらく甫とどっこいどっこいなので、二人の会話は相談する者とされる者というより、途方に暮れる人々という趣《おもむき》である。

甫は、今度は自分に気合いを入れるような咳払いをして、微妙に丸みかけていた背中をいつものようにシャンと伸ばした。

「それで、だな。やはり年長者として、俺はあいつのために最適な選択肢を示してやるべきだと思った次第だ」

「……は?」

ポカンとする知彦に、甫は普段の冷徹な口調でこう続けた。

「しっかりしていても、九条はまだ若い。ここはひとつ、俺があいつの分まで考え、総合的に、最善の未来に繋《つな》がる判断を、冷静に下すことが必要と考えた」

「…………」

どうやら大野木甫という人物は、何事もやたら真剣に、几帳面《きちょうめん》に、しかも独善的にやってしまう癖があるようだ……と思いながら、知彦は一応言ってみた。

「その、九条さんは、そういうことは望んでらっしゃらないのでは」

「それはそうだ。あいつは俺に気を遣っているんだろうからな。俺に助言を求めたりはしないだろう。だが、俺は事態を客観的に見ることができる。心配は要らん」

「ええと……いや、あの」

「とにかく、そうすることが年長者の義務と俺は心得ている。何しろ、九条は遥と年齢が変わらんのだ。そう思えば、お前にも俺の気持ちがわかるだろう」

「…………」

知彦は、すっかり言葉に窮してしまった。

遥は甫にべったり甘えて育ったせいか、実年齢より多少幼く感じられる。それに対して、九条は年齢以上に……というか、いささか必要以上に大人に見える。そんな両極端な二人をひと括《くく》りにするのは無理があると知彦は思うのだが、甫はそうは考えないらしい。

「そこでだ」

徐々にいつもの冷静さを取り戻しつつある甫は、メタルフレームの眼鏡を押し上げ、ハキハキと言った。

「やはり判断を下すためには、情報が多ければ多いほうがいい。相手の男について、そして彼と九条がかつてやっていた音楽について、知識を得ることが必要だ」

「……それは、確かに」

いったい自分は何を求められているのだろうかと、困惑気味に相づちを打つ知彦に、甫はようやく本来の用事らしき事柄を切り出した。

「で、俺が元相棒に会うのは難しそうだし、それは九条にとって気まずいことだろう。だから、彼らの音楽を聴くことで、元相棒の人となりの手がかりを多少なりとも得られるのではないかと思ってな。無論、音楽そのもののクオリティも知っておくべきであるし」

「はい、それはいい考えだと思います」

「ところが、駅前のCDショップに行っても、インディーズレーベルのCDは置いていないと言われた。二軒回ったが、同じ答えだ」

「……あー、なるほど。つまり、元相棒さんと九条さんは、インディーズに在籍してCDを出したことがあるんですね？」

「うむ。それでお前に訊きたいんだが、インディーズレーベルのCDというのは、どこで手に入るんだ？　そこで既に躓《つまず》いて困っている」

「……あー。インディーズは、ちょっと流通が特殊らしいですからね。外資系の大きなCDショップならあると思いますよ」

「外資系の大きなCDショップ？　それは、いったいどこにあるんだ？」

「うーん、ここからなら、タワレコが近いですかね。よかったら、ご一緒しましょうか？

僕もちょうどほしいCDがあるので」

「それは助かる」

ホッとした顔でそう言うと、甫はさっさとノートパソコンをシャットダウンした。

「お前さえよければ、すぐ行くか」

「ええ、構いません。お供します」

(とはいえ、何だか大野木先生、おかしな方向に張り切っちゃってる気がするんだけどな)

戸惑いながらも、こうして九条のために一生懸命になっている甫が、微笑ましくて可愛らしく感じる知彦である。

(全然似てないと思ったけど、やっぱりこういうひたむきなところは、遥君とよく似てるな。さすが兄弟って感じだ)

そんなことを考えていると、まるで自分だけが兄弟の共通点を知っているような気がして、頬が勝手に緩んでくる。知彦は油断すると笑い出してしまう顔を甫から背け、そそくさと帰り支度を始めた……。


そんなわけで、それから小一時間後、二人は大学から電車で数駅のところにある、大規模なCDショップに来ていた。

「凄いな。最近のCDショップは、こんなに大きいのか」

ショッピングビルのほぼワンフロアを占める広大な売場に、甫は感心しきりで周囲を見回す。そんな甫を連れて、知彦はインディーズレーベルから発売されたCDばかりが集められたコーナーにやってきた。

「それで大野木先生、お探しの音楽のジャンルは？」

知彦に訊かれて、あちこちキョロキョロしていた甫は、ギョッとした顔をした。

「！」

「……先生？」

嫌な予感に襲われつつ、知彦は怖々呼びかける。すると甫は、照れ隠しなのかずれてもいない眼鏡を直しながらきっぱり言った。

「知らん」

「ええっ？」

「音楽といえば当然、歌謡曲かと思っていた」

あまりにもあまりな返答に、知彦は軽い目眩《めまい》に襲われ、目の前の棚に片手をついた。

「いや……あの、今どき歌謡曲なんて、滅多に聞かないですよ。ましてインディーズでは……うう、何だろう。Ｊ－ｐｏｐとかかな。それともオルタナティブ……」

「何だそれは」

「いえあの……ですから……いやもうその、じゃあ、アーティスト名を教えてください。そこに、検索用の端末がありますから、それで調べてみます」

知彦がそう言うと、甫は再びあからさまに愕然とした。

「！」

知彦の背中を、脱力という名の戦慄《せんりつ》が走り抜ける。

「……先生、まさか……」

「そういえば、あいつらの芸名を知らなかった」

「……先生ぇ」

あまりの情報不足に、さすがの知彦も床に頽《くずお》れたい気持ちになってくる。甫も、そこはかとなく肩身の狭そうな様子で詫びた。

「すまん。……その、何とか探せないか？」

知彦は情けない顔で、直線的な眉をハの字にした。

「そう仰っても……ジャンルもわからない、アーティスト名もわからないじゃ厳しいですよ。あ、せめて一曲だけでもタイトルをご存じとか、そういうことは……」

「ない」

こういうときでもきっぱりした態度をくずさない上司を、知彦は恨《うら》めしげに見た。

「ううう」

「やはり難しいか」

「ですねえ。ちょっと待ってください。何か手がないか、考えます」

せっかく店まで足を伸ばしたのだからと、ほぼ解決不可能な難問をどうにかしようと、知彦は頭を捻る。

一緒になって考え込んでいた甫は、ふと顔を上げ、「そうだ」と言った。

「はい？　何か思い出されました？」

「そういえば、元相棒の名前は冬洲トオルと言うらしい。九条がそう呼んでいた」

「冬洲トオル……。変わった名前ですね。もしかすると、それで引っかかるかもしれません。調べてみましょう」

知彦はそう言うと端末に歩み寄り、「アーティスト名」の欄に「冬洲トオル」と打ち込んで検索を開始した。甫も傍らから、固唾《かたず》を呑んでモニターを覗き込む。

やがて画面に出て来たのは、三ヶ月後に発売になるメジャーデビューシングルのタイトルと、インディーズ時代の数枚のアルバムタイトルだった。

「あ」

それを見て、甫と知彦の口から同時に声が上がる。知彦は、嬉しそうに声を弾ませた。

「よかった、出ましたよ、先生！　ええと……冬洲トオルがインディーズ時代に組んでいたバンドの名前は、『sandbank』だそうです。ここにきっと、九条さんもいたんですね。それにしても、どんな意味だろ」

甫はいとも容易く答える。

「砂洲《さす》のことだ。なるほど、冬洲の洲をバンド名に使ったわけか」

「その冬洲トオルがボーカルで、リーダーでもあるんでしょうね。これまで三枚アルバムが出てますけど、今、在庫があるのは最後の……一昨年に出た一枚だけみたいです」

「そうか。ではそれを買っていこう。……その、何だ。助かった、深谷」

やはり未だに「ありがとう」と素直に言うのが苦手な甫は、「助かった」という言葉で感謝の意を伝えてくる。

先行きはやや不安ながらも、これでどうにか、甫の眉間の皺も少しは浅くなるだろう。

谷田部にも申し訳が立つ。あらゆる意味でホッとして、知彦は心から「どういたしまして」と笑みを返した。


その夜遅く、九条が風呂へ行ったのを見計らって、甫はポータブルプレイヤーを取り出した。

いつも、それで聴くのは英会話のオーディオブックかクラシック音楽の類なのだが、今日は、職場のパソコンで、買ったばかりの「sandbank」のラストアルバムをＣＤから取り込んできた。

夕食の時間にあまり遅れてはいけないと、その場で聴くことは諦めて九条宅に帰ったので、ジリジリして待ち続け、ようやくひとりになることができたのだ。

二階の和室、布団の上で胡座《あぐら》をかいた甫は、イヤホンを耳に押し込むのももどかしく再生ボタンを押した。

「……うるさいな」

ものの三十秒で、甫はそんな不平を口にした。

今、九条が好んで弾くのはカリンバというアコースティック楽器なので、「sandbank」の音楽も、何となくそんなものなのだろうと甫は思っていた。

だが、イヤホンから流れてくるのは、まさに爆音というべきロックである。

インナースリーブを見ると、ドラムスとキーボードは甫の知らない人物だが、ベースは九条、そしてボーカルとギターが冬洲トオルの担当だった。

普段、いわゆるかっちりした音楽ばかり聴いている甫にとっては、時折リズムなど無視して感性のままにかき鳴らされる冬洲のギターも、ガスガスした声質も、まったく馴染みがない。どちらかといえば、騒音に近いと脳が判断している。

ただ、一昨日の夜、冬洲トオルが九条に言った言葉の意味は理解できる気がする……と甫は思った。

（たしか冬洲の奴は、九条に言っていたな。「お前、俺に合わせるだろ。もう、ひたすら」と）

確かに、九条のベースは実に正確にリズムを刻みながらも、冬洲の奔放なギターとボーカルと乖離《かいり》することなく、不思議な調和を保っている。それはまさに、「寄り添う」という表現がぴったりの音だった。

（この音を聴いただけでも……かつての九条が、どれほどこの冬洲という奴のことが好きだったか、理解できるというものだ）

鼓膜が悲鳴を上げるので音量を絞《しぼ》りながら、甫はそう感じていた。

逆に、九条のベースが確実に、そしてどこまでも鷹揚《おうよう》に包み込み、支えてくれるからこそ、冬洲も安心して好き放題できたのだ。聴き手には容易くわかるそんな事実に、冬洲は今になって気付いたのだろう。

（だからこそ、あの勝ち気そうな男が、わざわざ出向いてきたんだ）

確かに言いようは居丈高だったが、一昨日の夜の冬洲の言葉を掻《か》い摘《つ》めば、「頼むから戻ってきてくれ」になる。

メジャーソロデビューともなれば、あんな男でもそれなりにプレッシャーを感じ、不安になっているのだろう。そこで、つきあいが長く、公私共にこれ以上ないほど自分を理解し、受け入れてくれる九条を頼りたくなったというわけだ。

（不愉快な動機ではあるが……冬洲が本当にこれまでの九条の奉仕に感謝し、これからはパートナーとして傍にいてほしいと望んでいるのなら……）

延々と続く単調な曲を渾身《こんしん》の我慢で聴き続けながら、甫はひたすら物思いにふけっていた。そのせいで、九条が風呂から上がってきたのに気付かなかったらしい。

「おや、音楽ですか。珍しい」

すぐ近くでそんな九条の声が聞こえ、同時にシャンプーの香りがふわりと鼻をくすぐり、甫は文字通り飛び退った。半ば反射的に耳からイヤホンを引き抜き、プレイヤーの停止ボタンを押す。

バスタオルを肩に掛けたパジャマ姿の九条は、不思議そうにそんな甫を見た。

「そんなに驚かせてしまいましたか。すみません」

「あ、い、いや、その」

甫が大慌てでポータブルプレイヤーの本体にイヤホンのコードをグルグルと巻き付けるのを見て、九条は申し訳なさそうな顔をした。

「音楽くらい、音を出して聴いて大丈夫ですよ？　幸い、両隣に家がありませんからね。騒音で怒られることはありませんし」

「……いや。いいんだ」

いくら何でも、「お前が以前やっていたバンドのアルバムを聴いていた」と打ち明けるのは恥ずかしくて、甫はプレイヤーをバッグにしまい込んでしまった。九条は少し不思議そうにしながらも、バスタオルを座椅子の背にバサリと掛けた。

「じゃあ、もう寝ましょうか。いい時間ですしね」

「……ああ」

甫が頷くと、九条はまだ軽く湿った髪のまま、掛け布団を捲《まく》り上げた。

「先生が泊まっていってくださるからには、布団を新調しなくては」

甫とつきあい始めた頃、九条はそう言った。最初は一つ布団で狭苦しく眠っていたので、てっきりもう一組布団を購入するとばかり甫は思っていたのだが、実際に九条が調達してきたのは、いわゆるベッドでいえばセミダブル幅の布団だった。

そんな中途半端な大きさの布団が存在することすら甫は知らなかったのだが、九条は元の布団を下取りに出して、その一回り大きな布団を手に入れた。

ということは、結局のところ、一・五人分の布団に男二人が寄り添って眠ることになるわけで、狭苦しさは若干マシになった程度である。

甫がそれに不平を言うと、九条は悪びれずニッコリ笑って、「常に傍らにあなたの体温と吐息を感じながら眠りたいんですよ」と言い返した。「いいでしょう？」と懇願されてしまっては、変なところで押しの弱い甫は徹底拒否することができず、結局、セックスしない夜でも、九条に寄り添って眠る羽目になっている。

「はい、どうぞ」

九条がめくってくれた布団に甫が収まると、九条は無精にも畳まで長く垂らした紐《ひも》を引き、部屋の明かりを消した。

最初はヒンヤリしていた布団の中が、二人分の体温でゆっくりと温まっていく。

それを感じながら、甫は低い声で呼びかけた。

「九条。死ぬ程眠くなければ、少し話していいか？」

わずかに身じろぎする気配がして、九条の腕が甫のうなじに差し入れられる。

「いいですよ。何ですか？」

暗いせいで、互いの表情がハッキリ見えないことにどこか救われた気持ちで、甫は口を開いた。

「お前、時々カリンバとかいう楽器を弾くだろう」

「ええ。それが？」

さっきより近くで九条の声が聞こえる。甫は敢えて九条のほうを見ず、真上を向いたままで言った。

「あの音色を聴いていれば、お前が音楽が好きだというのはわかる。……だが、あの冬洲という男は」

「彼のことは、気にしなくていいんですよ？」

九条は甫の話を遮るように口を挟んだ。だが甫は、それに構わず話を続けた。

「あの男は言っていたな。お前は演奏するとき、いつもひたすらあいつに合わせていたと。実際にそんな演奏を続けていて、楽しかったのか？」

それは、実際にCDを聴いていているうち、甫の胸に湧き上がってきた疑問だった。だが、甫が自分たちのCDを購入したことなど知るよしもない九条は、意外すぎる質問に驚いた様子だった。

「どうしてそんなことを気になさるんです？」

「気になるから気にするんだ。どうなんだ？」

訝《いぶか》しげな九条に冷や汗をかく思いで、しかし甫はどうしても答えが聞きたくて食い下がる。困惑したように息を吐いた九条は、やがて少し苦い声で答えた。

「そうですね……。楽しかったですよ。とても。でも、やっぱり僕は不純でした」

「不純？　お前は冬洲絡みの話になると、やたらその言葉を使うな」

「だって、本当のことですから。ベースを弾くのも大好き、バンド全員で音を合わせるのも大好きでしたけれど……それ以上に、冬洲と一緒に一つの楽曲を作り上げられることが楽しかったんです」

「…………」

　こんなときにも、飾ることもごまかすこともない九条の淡々とした告白に、甫は相づちを打つことすら忘れて聞き入る。

「私生活で振り向いてもらえることはなくても、ただ都合良く利用されるだけでも、音楽をやっているときはパートナーでいられる。それが嬉しかったんですよ、僕は。……だから正直、僕の演奏を彼が疎ましく思っていたと一昨日聞かされたときは、ショックでした。楽しかったのは僕ひとりだったんだなと」

「だが、そう思ったことを後悔したようじゃないか、あいつは」

「……それがせめてもの救いですね」

「というより、あの言葉を聞いて、また彼と音楽をやりたくなったんじゃないのか？」

　甫としては勇気を振り絞って放った質問だったのだが、九条は困ったように息を吐き、腕枕をした手で甫の柔らかな髪を撫でた。

「何度言えば信じて頂けるのかわからないんですが、彼に言ったとおりですよ。僕にとって、彼との日々はもう終わっているんです。音楽に関しても、プライベートでもね」

「だが……」

「今、僕が好きなのはあなたですよ。心配要りません」

「……っ！　俺は、別に心配しているわけでは……」

「おや。心配してくださってても妬いてくださっても、僕は嬉しいのに」

「九条！　俺は真面目な話を……っ！」

思わずムッとして声を荒らげた甫の唇を指先で押さえ、九条は甫の耳元で囁いた。

「しーっ。からかってごめんなさい。あなたが気にしてくださるのが嬉しくて、つい浮かれました」

「九条……」

「とにかく、もう眠りましょう。明日に差《さ》し障《さわ》りますからね」

「……あ……ああ」

「おやすみなさい」

優しい囁きと共に、頬に口づけられてしまうと、甫にはそれ以上話を続けることができなくなってしまう。

「……おやすみ」

仕方なく挨拶を返し、甫は目を閉じた。

それでも九条のために考え事は続けようと思うのに、それを見透かしてでもいるように、九条の大きな手が、甫の頭を優しく撫で続ける。そうされていると、いくら抵抗しても、まるで魔法のように瞼《まぶた》が重くなってきた。

（くそ……。俺には、真剣に考えなくてはいけないこと……が……）

どうにか抵抗を試みようとしたが、やはり仕事の疲れもあり、睡魔に勝つことはできそうもない。

なすすべもなく、甫は重い眠りへと引きずり込まれていった……。

＊　　＊

少ない情報をかき集め、どうにか九条のために最善の未来を示してやりたいと思う甫と、冬洲のことに関しては、珍しいほど頑なに、甫を関わらせまいとする九条。

何とも微妙な膠着状態《こうちゃくじょうたい》だった事態が急に動いたのは、翌日の夜のことだった。

大学でカリキュラム委員会の会議があったため、甫はいつもより少し遅い時間に医局を出て、九条宅へと向かっていた。

付き合いだした頃は、甫が来やすいようにと閉店後もシャッターを半分開けていてくれた九条だが、今はもう、すっかり九条宅へ帰る条件づけが成立したと見切ったのか、「フラワーショップ九条」とペンキで書かれたふるぼけたシャッターは、きっちり閉めてある。

いつものように通用口から入ろうとした甫は、突然目の前に飛び出してきた人影に、ギョッとして身構えた。

通用口の脇に設置された蛍光灯が照らし出したのは、まだ若い男だった。背格好は中肉中背で、黒を基調にしたラフな服に、スタッズの大量についた重そうなブーツを履いている。首にも指にも、シルバーのアクセサリーがいくつも鈍く光っていた。

そして何より、明るく染めてワックスで立たせて固めた髪型にも、やけにギラギラした鋭い目にも、今どきの若者らしくスッキリとカットした眉も、生意気そうに少し歪《ゆが》め気味の唇にも、甫には見覚えがあった。

（こいつは……冬洲トオルか）

三日前に唐突に九条を訪ねて来た、かつての相棒。その男が再び現れ、今度は穴が開くほどジロジロと甫を見ている。

「……何か」

一応、慇懃《いんぎん》に訊ねた甫に、両手をジャケットのポケットに突っ込み、やや猫背気味に甫の顔を見ながら、冬洲は疑い深そうな口調で言った。

「もしかして、そこ入っていこうとしてるってことは、あんたがアレかよ、夕焼の知り合い？」

九条を名前で呼び捨てにされて、甫は若干ムッとする。いくら高校時代からのつきあいとはいえ、今の恋人である自分ですら名字で呼んでいるのに……と思ったのだ。

（いや待て。俺と九条はまだ試験期間中だろう。何をこんな小さなことで、こんなに怒っているんだ、俺は。落ち着け）

波立つ心を必死で宥めながら、甫は平静を装って頷く。

「そうだが、何か」

「そうって……その、あんた、夕焼の何？　その、どういう関係ってことだけど」

「どういう……関係と言われても……」

さすがに今の恋人だと正面切って宣言するのは躊躇われて、甫は口ごもる。だがその反応が、何よりの返答だったらしい。冬洲は驚きと可笑しさが相半ばした奇妙に歪んだ顔で、突然笑い出した。

「ちょ……え、マジ？　マジであんたが、今の夕焼の彼氏？　うっわー、マジ意表突かれたわ。あいつのことだから、世話の焼ける超駄目男とつきあってんだと思ったら、何、スーツ着たオッサンじゃん。しかもめっちゃくちゃきっちりしてそな。アレだろ、病院のほうからこっち来たし、医者か何かだろ？」

「いかにも医者だが」

「ビンゴ！　見るからにそんな感じだよなあ」

(何だ、この無礼な男は。九条は本当に、こんな男に片想いしていたのか)

信じられない思いで、それでも甫は九条の元相棒と思えばこそ、湧き上がる怒りをグッと飲み下す。

「……俺に何か用か」

そう問いかけると、冬洲はニヤニヤと笑って、妙に余裕たっぷりにかぶりを振った。

「いんや。用があって来たんだけど、あんたの顔見たら、なくなった」

「……どういうことだ？」

「やー、あいつの今の大事な人ってのがどんな奴か気になってさ。あいつ世話焼きだろ？　どうせ手の掛かるだけのつまんねー奴に引っかかってんだろうと思ってたんだ。だったら、直接会って話つけてやろうって、ここで待ってたわけ。でもさあ、全然予想とちげー奴来ちゃったし。あんた絶対、あいつの好みじゃねえもん。マジじゃねえ、遊びだな！」

そう言い切って、冬洲は小馬鹿にしたように甫の仏頂面を斜めに見た。

「…………」

「きっとアレだ、俺から離れたものの、寂しくてつい、適当な奴引っかけたか、引っかかったか……そゆことだろ。ってわけで、あんたと話をしても意味なさそうだし。あ、でも悪い、今日は帰ってくれよ。俺、夕焼に大事な話があんだわ。悪いな、オッサン」

そう言って、冬洲はポケットから手を出し、甫を押しのけて通用口のドアノブに手を掛けた。鍵が掛かっているのを知ると、ガチャガチャとノブを乱暴に回し、中にいる九条に来訪を知らせようとする。

「待てッ」

冬洲の言葉の意味を正確に理解した瞬間、甫はオッサン呼ばわりに腹を立てることも忘れ、冬洲の手を乱暴にノブから引きはがした。途端に、冬洲はいかにも短気らしく眉を逆立てる。

「何すんだよ、とっとと消えろよ。用はねえって言ってんだろ」

「……帰るのは君のほうだ」

「ああ？」

　甫は、家の中に声が聞こえないよう、低い声で言った。冬洲はまるでチンピラのように、自分より長身の甫を下から睨《ね》めつける。その鼻翼にもピアス穴が開いているのを何となく見ながら、甫は厳しい口調で言い渡した。

「帰れと言っている。今夜は、俺が九条に話がある。それが済んだら、邪魔はせん。明日以降に出直してくればいい」

「んだよ、それ。偉そうに。俺はなあ、あいつと高校からずっと一緒に……」

「それでも、今あいつと一緒にいるのは俺だ。俺に優先権がある」

　上から目線で居丈高に話すことには慣れっこの甫である。妙に理路整然、かつ堂々とした物言いに、冬洲はちょっと気圧された様子で舌打ちした。

「くそ、ちょっと賢いと思って、偉そうに言いやがって。……ま、いいや。確かに、今の彼氏に優先権はあるよな。じゃ、明日また来る。明日は絶対、あいつに会うからな。あんた、邪魔すんなよ」

「了解した」

　用が済んだら帰れと言いたげに、甫は片腕を道路のほうへ伸ばしてみせる。忌々《いまいま》しそうに何度も甫の顔に視線を投げかけながら、冬洲はブーツの踵《かかと》を高く鳴らして去っていった。

　その後ろ姿を見送っていた甫の背後で、ガチャッと通用口の扉が開く。開けたのは、当然ながら九条だ。

「おかえりなさい。どうしました？　ノブが回る音がしたと思ったのに、あなたがなかなか入っててらっしゃらないので、様子を見に来たんですけど。……誰かいたんですか？」

「あ……い、いや、べ、別にっ」

まさか自分がお前の元相棒を追い払ったと言うわけにもいかず、甫はブンブンと子供のようにかぶりを振った。そのあまりにもらしくない動作に、九条は訝しげに首を傾げる。

「そ、そ、その……そ、そうだ！　鍵を探していたんだっ」

「おや、そうですか。だったらもっと早く開けて差し上げればよかったですね。……いつもきっちり同じところに鍵をしまうあなたらしくないですが。とにかくどうぞ。じきに夕飯が出来ますよ」

咄嗟《とっさ》の嘘を素直に信じたらしく、エプロン姿の九条はいつもの笑顔でそう言うと、台所に引き返していく。

「……助かった」

思わずそんな情けない台詞を零《こぼ》して、甫は意味もなく額《ひたい》に滲んだ汗を拭《ぬぐ》った。

（しかし……いよいよ時間がなくなってしまったな）

明日の夜までに、冬洲はきっと九条に会いに来るだろう。明日は夕方から大事な会議があるので、ここで冬洲を待ち受けるわけにも、九条との会話に同席するわけにもいきそうにない。

だとすれば、九条ときちんと話をするチャンスは今夜しかない。

「……よし」

まだ考えがまとまりきったとはいえないが、それは夕食を食べながらどうにか自分の中で形をつけて、寝る前のひとときに話し合いの場を持とう。

そんな静かな決意を胸に秘め、甫は早くもいい匂《にお》いが漂う家の中へと入った。

どこか神事の前に身を清める神職のような、そんな気構えで甫が風呂から上がると、二階の和室に九条の姿はなかった。

「また、仕事の続きをしているのか……」

ちょっと気勢を削《そ》がれた思いで、甫は階下の土間へ九条を呼びに行こうとした。だが、階段を下りた彼が目にしたのは、思いもよらない光景だった。

通用口が開いていて、外から九条ともうひとりの話し声が聞こえてくるのだ。それが冬洲の声と気付いて、甫は血の気が引く思いをした。

(あいつ……戻ってきたのか!)

そのまま後先考えず、甫はサンダルを引っかけ、パジャマのままで通用口から外へ飛び出す。

「大野木先生!?」

パジャマの上にジャージの上着を羽織った九条は、珍しくあからさまに驚いた顔をした。

冬洲も、うっかり九条とお揃《そろ》いのパジャマを着ている甫の姿に、野性的な顔を歪めて苦笑いした。

「わッ、オッサン。んだよ、思いきりラブラブなお泊まりファッションかよ。見せつけるよなあ」

「帰れと言ったのに、どうして」

思わず咎めた甫に、冬洲はふて腐れたように両手をジーンズのポケットに突っ込み、肩をそびやかした。

「や、何か明日出直すのもめんどくせえし。駅前の漫喫で時間潰してさ、そろそろオッサンの話終わったかなーと思って、もっぺん来てみたわけ。せっかく夕焼が出て来たから、よし、話すっぞって思ったら、オッサン出て来ちまうし。もー色々台無し」

「話？」

九条は不思議そうに甫の顔を見る。甫は決まり悪そうに答えた。

「これからしようと思っていたところだ」

九条は、そんな甫に自分の上着を脱いで着せかけてやりながら、二人の顔を見比べて少し困った笑顔で言った。

「そうですか。二人とも僕に話があるわけだ。ではこの際、皆で中に入って、話をするということでどうでしょう。特に、あなたに風邪を引かせては大変ですからね」

「……やむを得んな」

甫は渋々同意した。

正直、今夜、これから時間をかけて九条と二人きりで話をするつもりだったのだが、こうなってしまっては、冬洲ももう引き下がらないだろうと考えたのだ。冬洲も、投げやりに言った。

「俺は別にいいぜ。んじゃ、ぼろい花屋にお邪魔しますか」

「わざわざ言ってくれなくても、ぼろいは自覚済みだよ。ほら、入って。……先生も」

九条は、いったい甫が何を言うつもりかと、もの問いたげな視線を投げかけてくる。それを敢えて無言でやり過ごし、甫も促されるままに家の中に戻った。


そんなわけで、五分後、三人は二階の和室で正三角形に坐していた。それぞれの前に熱いお茶の湯飲みを置いてから、九条は座布団の上にきちんと正座する。

「あちっ。……つか、何か生々しくねえか、布団畳んだ脇で話ってさあ」

行儀悪く上から湯飲みを持ってお茶を啜《すす》りながら、冬洲は九条が大急ぎで部屋の隅に畳んで片付けた布団を見て、意地悪い口調でそう言い、甫をチラと見た。

その手の話題を甫が苦手としていることを、かっちりしたルックスから見て取ったらしい。

甫は嫌そうに顔をしかめ、しかし冬洲を無視して九条を見た。

「話というのは、他ならぬこの冬洲君とお前のことだ、九条」

九条は甫と冬洲の顔をちらちらと見比べ、少しうんざりした様子で甫に視線を据えた。

「先生、ここ数日で何度も申し上げたでしょう。これは彼と僕の問題……というより、僕としてはとっくにけりをつけた話だと」

その声には、いつもの彼とは違う、どこか冷ややかな響きがあったが、甫は構わず口を開いた。

「それでもだ。俺は年長者として……そしてその、何だ。仮のとはいえ交際中であるからには、お前を最善の未来に導く義務がある」

「な……何か難しい話かよ」

甫の難解な言葉遣いに、冬洲は鬱陶《うっとう》しそうに顔をしかめる。だが九条も甫も、そんな彼をやはり黙殺し、会話を続けた。

「義務なんて、そんなものは……」

「ある。ましてお前が俺に気を遣っているのを知っていながら、見て見ぬふりをするわけにはいかない」

すうっと息を吸い、甫は風呂の中でどうにかまとめた提言を口にした。

「お前たちがかつて組んでいたバンドの音楽を聴いた。……その、俺にはその善し悪しはよくわからん。だが、音楽をやるにおいて、ここにいる冬洲君にとっては、お前が最高のパートナーたり得ることだけは理解できた」

「……大野木先生」

意外なことを言い出した甫に、九条は目を丸くし、冬洲は途端に喜色満面で膝をずいと進める。

「いいこと言うじゃねえかよ、あんた。そうそう、こいつのベース、俺のギターにどこまでも添うだろ？　空気みたいに自然にさ。こないだも言ったけど、俺、それがうぜえな、つまんねえなって思ってたけど……誰もができることじゃねえんだよな。俺のことをとことんわかってる、こいつじゃないとそうはいかねえんだわ」

甫は重々しく頷いた。

「だろうな。メジャーデビューというのが、大きなチャンスであることも理解しているつもりだ。冬洲君がこれまでの態度を改め、お前を仕事のパートナーとして対等に扱うと誓うなら、もう一度コンビを組んでもいいんじゃないか？」

九条は、困惑しきりでかぶりを振る。

「ですが、僕にはこの店が」

「花屋のほうは、他人の手を借りてしばらく経営することは可能なんじゃないのか？」

「それは……まあ、いい人さえ見つかれば不可能ではないと思いますが」

「ならそういう状態にしておいて、音楽をやってみてはどうなんだ。それならば、失敗しても、花屋の主人に戻ればいいだけだ。お前の行く末を心配しておられたご両親のお気持ちを裏切ることにはならないと思う」

「……先生……。ここ数日、何やら物思いにふけってらっしゃったのは、そんなことを考えて……？」

啞然《あぜん》とする九条に、甫は小さく頷いた。その右手が、無意識に上腹部にあてがわれる。

自分の中で色々な可能性を考え、自信を持ってまとめた提案にもかかわらず、言っているうちにまたあの馴染みの感覚……みぞおちに鉛を詰め込まれたような重苦しさが戻って来たのである。

「それと、私生活のほうでも……だ。確かに俺を口説きまくったのはお前のほうだが、それを負い目に思うのは愚かなことだ。冬洲君が言っていたとおり、高校時代からお前が彼に片想いをしていたのなら、なおさら……」

「わお、おっさん、ろくでもねえ話を聞かされんのかと思ったら、いいこと言うじゃゃねえかよ。何だ、意外といい奴？　あんたって。なあ夕焼、だったらいいじゃん、今カレがいいっつってんだから問題ねえだろ」

思いもよらない「援軍」に、冬洲は気をよくして、はしゃぎ声を上げる。だが、それを九条と甫はほぼ同時に遮った。

「冬洲、邪魔しないで」

「君は黙っていてくれないか、俺は九条と話しているんだ」

左右からステレオで叱られて、冬洲は居心地悪そうに胡座の足首を摑んで首を縮こめる。

「へいへい。何だよ、仲良しかよ、くそ」

九条は、甫のほうに膝をにじらせ、これまで見たことがないような真剣な面持ちで甫をまっすぐに見つめた。甫も、九条の真剣な眼差《まなざ》しに、胡座を正座に組み替える。

「大野木先生。今の言葉、本心ですか？　その……音楽のことはともかく、プライベートのことです」

甫は酷い息苦しさを感じ、思わずパジャマの襟元《えりもと》を弄《いじ》りながら答える。

「本心だ。俺は正直、ここにいる冬洲君がそこまで素晴らしい人間かどうかはわからん。だが、お前が長年想い続けた人物であるなら、やはりそちらと結ばれるのがお前の幸せだろうと……っ」

平常心で喋っているはずなのに、何故か声が酷く震え、語尾が掠《かす》れた。無意識に、両手が膝頭を強く握り締めている。

（しっかりしろ、俺。学会のときは、それこそ何百人の前で話をしているはずだろう。たった二人を前にして、何をこんなに緊張する必要が……）

自信を持って話しているはずなのに、酷く動揺してしまった自分を、甫は必死で叱咤激《しったげき》励《れい》しようとした。だが、九条は酷く尖った声でこう言った。

「大野木先生。いくらあなたが大切な恋人でも、僕の既に清算した過去についてあれこれ干渉するのは、さすがにマナー違反ではないですか？」

「……く、じょう……？」

そんなに刺々しい物言いを九条からされたことのない甫は、ぎくりとして肩を震わせる。こめかみのあたりからジワジワと下方へ、血の気が引いていくような気がした。

「俺は……か、干渉とか、そんなつもりでは……。ただ、お前にとって」

「僕にとって最良の選択を提示、ですか。ですが、僕は何度も言いましたよね？　もう僕の中では終わった問題だ、気にしないでくださいと。僕の意思を無視して、意に染まない他の選択肢を突きつけてくるのが、あなたのやり方なんですか？」

九条は、静かな怒りの滲んだ冷ややかな声で、淡々と甫を責める。誤解だ、と言いたいのに、甫の唇は凍り付いたように動かない。

「それとも……あなたにとって、僕はそんなに軽い存在ですか？　今回の件にかこつけて、厄介払いしたいほどに僕はあなたに疎まれているということですか？」

「ちが……」

酷く傷ついた顔で言い募る九条に、哀れなほど狼狽えて、しどろもどろに言い返そうとする甫。その両者を黙らせたのは、「あーあーあーあー。つまんねえ！」という、叩き付けるような冬洲の声だった。

さすがボーカリストというべきか、恐ろしく通る声で二人を圧倒してから、冬洲はゲンナリした顔で九条の頭をポスンとはたいた。

「今のは、お前が悪いんじゃねーの、夕焼」

「痛っ」

思わず頭を押さえて口を噤《つぐ》んだ九条を、冬洲は舌打ちしながら叱りつけた。

「あんま酷いこと言ってんじゃねえよ。部外者の俺にもわかるっつの。この眼鏡のオッサ

ンが、お前のことすげえ真面目に考えて、一生懸命喋ってたのはよ」

「……冬洲……」

「お前、自分が誰かの世話を焼きまくるときには、遠慮なしに奥の奥まで踏み込んでくるくせに、自分のときはすげー勢いでシャットアウトとか、さすがにねえだろ。……まあ、構うのには慣れっこでも、構われんのに慣れてないから、ビビってそうなっちまうんだろうけど」

（ああ……そういうことか。それで九条は、急に態度を硬化させたんだ。あれは……怒りというより、戸惑いだったのか）

甫は呆然《ぼうぜん》としつつも、冬洲の言葉にようやくみぞおちの重い物がストンと落ちる思いがした。さすが長いつきあいというべきか、あるいは外見の軽さとは裏腹に、冬洲は意外と賢い男なのかもしれない。

「だいたい、お前が大事じゃなきゃ、お前の人生のこと、そんなに必死で考えてくれねえだろ？　でもって、そんなに大事に思ってんのに、自分のことは気にせず、俺とより戻せとかさ。そんなこと、なっかなか言えねえって。見た目ツンケンしてっけど、意外といい奴だな、オッサン」

「……大野木だ」

初めてざっくばらんな笑顔を向けてきた冬洲に、甫はどうにかそれだけ言い返す。

ほぼ初対面に等しいというのに、この一見粗野で思いやりなど欠片もなさそうな冬洲という男は、九条の心理だけでなく、甫の真意もいとも容易く読み取ってみせた。

どうやら外見から偏見を抱き、冬洲を軽く見ていたようだと、甫は心の中で反省した。九条が彼に強く惹《ひ》かれた理由も、何となくわかった気がする。

そんな気持ちの変化は、甫の表情にもハッキリ出ていたのだろう。冬洲は少し照れたようにニッと笑うと、「しゃーねえな」と言って立ち上がった。

「俺さあ、夕焼。絶対お前を連れて帰るって決めてたけど……。マジでもう、お前ん中で、俺は終わってんだな。だって俺、お前がそんなに怒ったの、見たことねえもん。……そんだけ本気だってこったろ、このオッサンに」

「冬洲……」

「……ちなみに俺は大野木だ」

横から頑固に訂正を試みる甫に、冬洲はフッと少し切なげに笑った。

「ま、いいや。これ以上粘ってもみっともねえし、俺だって、メジャーデビューすりゃ、もっといい、それこそ運命の出会いって奴は待ってるかもだし。……帰るわ」

そう言い捨てるなり、冬洲は二人に背中を向け、階段へと歩き出す。

「送るよ、下まで」

慌てて冬洲の後を追いかける九条の背中を、甫は呆《ほう》けたような顔で、ただぼんやりと見送った……。

「さようならも言わずに、ドカドカ行ってしまいました。あの思いきりのよさが、昔から冬洲の取り柄なんです」

しばらくして二階に戻ってきた九条は、そんなことを言いながら部屋に入ってきた。甫は、座布団の上に胡座をかいたまま、九条のどこか憔悴《しょうすい》した顔を見上げた。

「……見た目と言葉遣いには問題ありだが、思いのほかいい奴なのかもしれんな」

甫がそう言うと、九条はやけにしんみりした調子で「そうなんですよ」と言い、そしておもむろに甫の正面に座った。座布団もなしの正座である。

「九条?」

「申し訳ありませんでした。……どうかしていました」

いきなり畳に両手をついて深々と頭を下げる九条に、甫は驚き、半ば反射的にその手を掴む。

「馬鹿、そんな平身低頭して詫びられる覚えはない」

だが、甫に無理矢理頭を上げさせられてもなお、九条は酷くしょげ返って項垂れている。

「いいえ。僕としたことが。冬洲の言ったとおりです。あなたがせっかく、僕を想って言ってくださったことに向かっ腹を立てるなんて。愚かでした」

「いや。あれは俺も、確かに出過ぎた真似をした。ただ……お前が以前、俺を助けてくれたように、俺もお前の役に立ちたい、いや立たなくてはならない。そう考えた。だが俺はまた、同じ過ちを冒しただけだったんだな」

「過ち？」

甫は、こちらも物憂げに目を伏せた。

「そうだ。過保護、過干渉で、遥を……実の弟に距離を置かれた。それなのに、またそれを、今度はお前にやろうとしていたんだ。まったく学習も成長もしていない。俺は度し難い阿呆《あほう》だ」

半年あまり前、遥に自立を宣言され、その喪失感と寂しさでどん底の気分を味わったというのに、再び同じ失敗を繰り返すところだった。冬洲がいなければ、誤解を解くことができず、今度は九条さえも失っていたかもしれない。

そう思っただけで、甫の顔は再び強張《こわば》り始める。

「そんなことはありません！」

だが、やけに力強く否定して、九条は、自分の手首を掴んだままの甫の右手を取り、両手でそっと包み込んだ。甫は戸惑いつつも、その手を引っ込めずにいる。

「わかっています。本当はわかっているんです。ただ、僕は本当にあなたが好きで」

「九条……」

いつも甫より少しだけ高い九条の体温が、じんわりと甫の手に浸《し》みていく。

「あなたがとても好きで、あなたの恋人に本採用されたくて、日々努力していたつもりだったんです。それなのに、あなたのほうは、僕を楽々と手放してしまえる程度なのか……と、酷く悲しくなりました。悲しみと怒りというのは、どうやら根っこで繋がっているようですね。……僕を思いやってくれたあなたに八つ当たりしたりして、本当にすみませんでした」

心から詫びて、九条は甫の手の甲に、恭《うやうや》しく口づけた。甫は息を呑み、それでも九条に手を預けたまま、目の前の男のどこまでも優しい瞳を見た。

「九条……。俺は」

「これだけは、聞かせてください。あれは、あなたの本心だったんですか？　自分よりも、冬洲を選べと仰ったあの言葉は。もし僕がそれを受け入れたとしたら、あなたはそれで平気なんですか？」

「………っ」

「答えてください。あなたの心を、偽ることなく教えてほしいんです」

さっきと違って、九条の声は至って穏やかで、口調も柔らかだ。だが、その普段は草食動物を思わせる優しい目には、渇望の色が満ちている。

甫は肺が空っぽになるほど深く長い溜め息をつき、その息と同時に、胸の奥に隠していた言葉を吐き出した。

「……嫌だった」

蚊の鳴くような声に、九条は淡く微笑して甫のほうに首を傾ける。

「はい？　いつもハキハキお話しになる大野木先生なのに、今のお言葉はよく聞こえませんでしたよ」

からかい混じりの、けれどどこまでも本気の追及に、甫は腹を括って正直に答えた。

「本心を言えば、嫌だった。冬洲とよりを戻すことが、お前にとって最善の策だと確信していたにもかかわらず、だ。理性は納得しているのに、感情が……いや、理性以外のすべての部分が、そんな事態には耐えられないと訴えていた。あのときは、座っていられるのが不思議なくらい、全身から血の気が引いていた」

「確かに酷い顔色でしたけど……本当ですか？」

「俺は、嘘は言わん」

何度か言った覚えのある台詞を口にして、甫は自分の手を包み込む九条の手をギュッと握り締めた。九条は、ハッと目を見開く。

「お前と出会って、こういうことになって……それからずっと、俺はお前の想いを試験的に受け入れただけだと思っていた。いや、思い込もうとしていた。くだらんプライドのせいだ。そんなふうに振る舞うことで、優位を保とうとか、そういう卑《いや》しい……ッ」

甫の告白は、途中で断ち切られた。膝立ちになった九条が、両腕で思いきり甫を抱きすくめたからだ。

「く、じょう……？」

「あなたは卑しくなんてない。あなたのそういう誇り高いところが、僕は大好きなんです。いいえ、あなたの何もかもが僕は本当に好きです。聡明なところも、綺麗なところも、可愛らしいところも……」

「そ、そういうのはもういい」

強く抱き締められ、息苦しさに掠れ気味の声で、甫は照れくささに耐えかねて、九条の言葉を遮り返す。九条は笑って、甫のほうに体重を掛けてきた。

二人はそのまま、ゆっくりと倒れ込む。

抗《あらが》うことなく、畳の上に仰向けに横たわった甫は、覆い被《かぶ》さってくる九条の顔を真上に見て、そっと告げた。

「俺もきっと……お前に負けず劣らずだ」

「はい？　何がです？」

甫の眼鏡をヒョイと外し、羽毛のように柔らかな前髪をふわりと掻き上げて、九条は訊ねる。その目がどうしようもなく笑ってしまっていることを悔しく思いながら、甫は叩き付けるように言った。

「お前に負けず劣らず……その、何だ。……好きだ、と」

「誰が？」

「お前が、に決まっているだろうが！」

真っ赤な顔で怒鳴る甫に、九条はとうとう声を上げて笑い出した。

「待ってください。僕にとっては、初めてあなたから頂く愛の言葉なんですよ？　そんな顔と声で、しかも細切れでは悲しすぎます。お願いですから……もう一度、ちゃんと言ってくださいませんか？」

「う……うう、う」

　まるで獣のような呻き声で助走をつけた甫は、決死の覚悟で羞恥の高い高い壁をどうにか飛び越えた。

「その……九条。俺は、お前が……すこぶる好ましいと……ッ」

　どうしても一続きの言葉にすると「好きだ」が言えない甫が可愛くて、九条は思わず甫の高い鼻の頭に音を立ててキスした。

「ありがとうございます。その言葉が、僕にとっては大事な宝物になりました」

「……俺にとっては……」

　甫は、早くも上気した顔で、おずおずと手を上げた。九条の温かな頬に、そっと触れる。その野生動物が人間に懐き始めたときのような仕草に、九条は目を細めた。

「あなたにとっては？」

「お前のくれた最強の呪文……『ありがとう』の一言が、宝物だ。ありがとうと言いたいと望むだけで、相手のいいところが見えてくる。あら探しばかりしていた頃より、ずっといい」

　甫の言葉は簡潔で、それだけに誤魔化しのない真っ直ぐな愛情と信頼を九条に伝える。

　九条は心底愛おしげに甫を見つめ、甘く囁いた。

「では……もう、お試し期間は終了ということで、いいんでしょうか？　相思相愛になったからには、僕はあなたの恋人として本採用して頂けますか？」

「それは……」

「言葉は、もう頂きました。ですから、この質問に対する答えは、もっと他のもので」

「……お前は、俺の羞恥心の限界突破でも狙っているのか？」

恨めしそうな甫の非難にも、九条の幸せ顔は少しも揺るがない。

「あなたの羞恥心の天井が、低すぎるんですよ。……さあ、お返事は？」

猫が喉を鳴らすような声で催促され、甫はやけっぱちの勢いで、九条のパジャマの襟を引っ摑んだ。そのままグイと引き寄せ、勢いのままに唇を重ねる。

もう、何度となくキスは交わしてきた。だが、これは特別な想いを込めた、契約のキスだ。二人は互いの意志の強さを確かめるように、深く舌を絡め、互いの身体を強く抱き締め合った。

最初こそ甫が仕掛けたものの、すぐに主導権は九条に奪われ、その器用な舌に、これまで知らなかったゾクッと来るポイントを探られる。

前歯の裏側、歯茎との境目辺り……そんな部分をくすぐられると、遥か下方の腰に向かって電流が走るなどということを、九条と付き合うまで、甫は夢にも考えなかった。

そう言うと、九条は「お医者様でも、人体にご存じないことはあるんですねえ」と笑ったものだ。

「ふっ……ん、んんっ」

そんなことを思い出しながら、甫は息苦しさに耐え、九条のキスに必死で応える。苦し

げにしている甫の顔が紅潮し始める頃、九条はようやく唇を僅《わず》かに離した。

空気を求めて喘《あえ》ぐ甫の濡れた唇を親指の腹で拭い、九条はみずからも軽く息を乱しながら、僅かに掠れた声で言った。

「あなたのお気持ち、確かに頂きました。ですから、僕の気持ちも存分に受け取ってください」

そう言いながら、九条の指は甫のパジャマのボタンを外していく。甫も返事の代わりに、九条のパジャマに手を掛けた。

明かりを消すのも忘れ、すぐそばに積んである布団を敷く余裕もなく、二人は明るい畳の上で互いの素肌を触れ合わせ、身体を探り合う。

「背中……痛いですか？」

九条に問われて、甫は首を横に振った。本当は、背中の畳に擦《こす》れた部分が少し痛んだが、今は九条のたくましい身体を離したくなかったのだ。

「あっ……ぁ」

舌と歯で胸を愛撫《あいぶ》されて、甫は微《かす》かな声を上げる。固く尖った突起は、まるで快楽のスイッチのようだった。

舐められても、軽く歯を立てられても、はたまた放置されて空気の冷たさを味わわされても、あらゆる刺激がインパルスとなり、凄まじい勢いで脊髄《せきずい》へと流れていくのだ。

「……嬉しいですね」

九条の声に、甫は熱に浮かされたようなぼんやりした声で応じた。

「な……にが？」

「あなたが僕を心から受け入れてくださっていると、今夜は感じられます。いつもより素直に反応してくれますし……」

「ッ……は、あっ」

九条の手が、甫の既に勃《た》ち上《あ》がったものを大きな手で包み込み、擦り立てる。滲んだ先走りで、荒れた手も滑らかに動いた。九条の手の中で、みずからがジンジンと脈打ち、血液を充満させていくのがわかる。

九条のもう一方の手は、甫の腰の奥へと伸ばされた。

「そして、こちらも……」

つぷ……とジェルを絡めた指を優しく差し入れられ、甫は息を詰めた。何度身体を重ねても、そこを拓《ひら》かれるときの違和感は消えない。だが、いつもより不快感や軽い痛みはずっと少なかった。

「ね？　わかるでしょう？」

熱っぽい吐息を耳に吹き込まれ、甫は思わず身体を捩《よじ》る。その結果、体内で九条の長い指が敏感な粘膜をぐるりと撫でることになり、その刺激に甫の細い腰が揺れた。

指の数が増え、突き入れる深さが増す頃には、最初の不快感は薄れ、徐々にむず痒《がゆ》いような、熱いような、何か大事なものが欠乏している切なさのような、不思議な感覚が湧き上がってくる。

「な……にが……っ、う、うぁ」

「いつもより、あなたの中が積極的に僕を迎え入れてくれてます。だから、ほら。解《ほぐ》れるのもうんと早い。これなら……今夜は試せそうですね」

「……何を？」

「この状況でも、あなたを傷つけないやり方を」

そう言ったが早いが、九条は甫の背中に手を添え、抱き起こした。

「……え？　あっ」

それと同時に後ろから指を抜かれ、思わず甫は高い声を上げた。摩擦で熱くなった甫の背中を労るように撫で、九条は甫の耳たぶに軽く歯を立てて囁きを落とす。

「このまま抱いたら、あなたの背中が擦れて傷ついてしまうでしょう？　そんなことはしたくないので、今日はあなたが乗ってください」

「……えっ……？」

戸惑う甫の、頼りなく揺れる腰を支えて、九条は自分が仰向けに横たわった。そして甫を、自分の腰を挟みつけるように膝立ちにさせる。

「こ、これ、は」

そこに来てようやく九条の意図を察した甫は、文字通り真っ青になった。

「ま、まままま、まさか、乗るというのは俺が……」

「はい。あなたがこのまま、上手に腰を落として僕を飲み込んでくだされば」

いとも容易く九条は説明したが、甫は恐る恐る視線を落とし、ごくりと生唾《なまつば》を飲んだ。

甫の拙い愛撫でも十分に固くそそり立った九条の楔《くさび》は、本人の温厚さとは対照的に、どくどくと血管を怒張させ、恐ろしく猛々《たけだけ》しい。

そんな、九条の秘めた野生を、みずからの体内に導き入れる……そんな行為を想像しただけで、甫は本能的な恐怖と同時に、異様な高揚感に見舞われる。

「大丈夫。できますよ。ゆっくりやれば、今夜のあなたなら、決して傷つくことはありません」

「ほん、とう……か？」

恐怖から疑わしそうな表情になりつつも、甫は促されるままに、片手で九条のものに触れた。緩く握り込むと、九条が高まる衝動をやり過ごそうとして、ギュッと目を閉じる。その少し苦しげな表情が酷く扇情的《せんじょうてき》で、正直すぎる甫の楔が興奮に震えた。

「あなたが、自分の意志で僕を受け入れてくださるのだと……実感したいんです」

静かに目を開け、九条はそう囁いた。励ますように、九条の手が甫の腰を支えてくれる。その手と、興奮に潤んだ瞳と、互いの乱れた息に促され、甫は鋭い切っ先を、みずからの後ろにあてがった。

柔らかな粘膜を押し開こうとする確かな質量と熱に怯え、甫は無意識に呼吸を止めていたらしい。九条の宥めるような声が聞こえた。

「息をして。……息を吐くたびに、少しずつ腰を沈めるんです。無理はしないように、体重と重力に逆らわず……そう、上手です」

「くうっ……ん、んんっ……」

甫は思わず苦悶《くもん》の声を上げた。いつもは九条のペースで一方的に貫かれるので、百パーセント受け身で、ひたすら耐えてさえいればよかった。

だが今は、九条は待つ身で、甫が自分の意志とタイミングで、九条を少しずつ飲み込んでいかなくてはならないのだ。

パートナーとしての九条を自分のいちばん深い場所へ迎え入れ、包み込む……。

どこか神聖な儀式のような行為を、甫は時間をかけて、ようやく成し遂げた。

内部を九条の熱に埋め尽くされ、いつもよりずっと奥まで、打ち込まれた楔を感じる。

「……ね？　大丈夫だったでしょう？」

そう言った九条は、眉根を寄せ、押し寄せる波をどうにかやり過ごそうとしているのが明らかな表情で囁いた。

「でも……僕のほうが大丈夫じゃないかもです。根元まで、あなたに受け入れて頂けたと思うと……それだけで、まさに感無量で」

「そんな言葉を……この状況で使うなっ。何でもないときに聞いたら、今のこれを思い出してしまうだろうが」

「……それが狙いです」

軽口を叩いたことで、少し余裕を取り戻せたらしい。九条は、両手に力を込め、甫の腰を緩く前後に揺さぶった。

「あっ！　や、め……っ」

これまで触れられたことのない深い場所を突かれ、探られて、甫はたちまちなすすべもなく喘ぐ羽目になる。

「痛くはないでしょう？　あなたの中は、こんなに柔らかく、熱くなってますから」

九条の片手が腰から離れ、二人が繋がった場所をぐるりとなぞる。一分の隙もなく互いを満たし合っていることをその指先に感じさせられ、甫は羞恥で目眩を覚えた。

「……っ、はあ、あっ……」

思わず、横たわった九条の胸に両手を突き、それでどうにか上体を支える。

その荒い息を吐き出す胸に手のひらを這《は》わせ、九条は掠れ声で囁いた。

「そう、そうやってバランスを取って。馴染んだら、少しずつ好きに動いてください。僕も手伝いますから」

「わ……か、った。……ふっ、ん、……ぅ」

畳に膝をつき、甫はそろそろと腰を上げた。太いものに粘膜を引き出される異様な感覚を味わいつつ、腰を前後に揺らしたり、グラインドさせるような動きを試みる。

いいところを自分で探し、快感を追い求めるという不慣れな作業に没頭し、油断したところで、九条が自分の腰を動かし、強く突き上げてきた。

「あッ！」

思わぬ快感のスポットを真下から突かれ、甫は悲鳴じみた高い声を上げる。

「今夜は、抱く、抱かれるではなく……互いに抱いて、対等……ですね」

乱れた息に交じって耳に届く言葉が、そして身体の奥に含んだ熱い熱が、もう甫は受け身ではなく、みずからの意志で九条の恋人になったのだと教える。

「そう……で、なくては、困……あっ、は」

こんな時でもしかつめらしい言葉を吐こうとした甫は、呆気なく甘い声を漏らした。九条の手が再び、涙を振り零すままに放置されていた甫の芯に触れたのだ。

「……ね。対等、でしょう？」

あくまでも優しげなくせに、どこか獰猛《どうもう》な響きを帯びた九条の声に、お前がやや過剰だと言い返そうとしたその瞬間、九条は甫の芯を握り込んだままで、激しく腰を突き上げ始める。

「うあっ、あ、ずる……い、ああっ……！」

ここぞというところで文句を言わせてはもらえず、甫は暴れ馬に乗せられた哀れな子供のように、呆気なく絶頂へと追い上げられていった……。

嵐のようなひとときが過ぎた後、二人はようやく温かな布団に並んで横たわり、睡魔の訪れを待っていた。

情事の後の、気怠《けだる》くも穏やかな、満たされた気持ちを満喫できる時間のはずなのに、甫の顔はやや冴えない。

「どうかしましたか？　無茶をし過ぎました？」

九条が心配して訊ねると、甫はもそもそとかぶりを振った。

「もしかして、どこか痛いとか？」

それにも頭の動きで答え、甫はボソリと言った。

「正直を言えば少し……怖くなった」

「怖くなった？　大野木先生、いったいどう……」

抱き寄せようとする九条の腕を拒み、甫は寝返りを打って彼に背を向ける。椎骨《ついこつ》が浮き出した白い背中を見ながら、九条は予想外のネガティブな言葉に目を見張った。

「いったい何が怖いんです？」

甫は少し背中を丸め、ボソボソと打ち明ける。

「怖くもなる。だって、高校時代からずっと……尽くし続けた奴を、お前は花屋を継ぐとき、あっさり見限ったわけだろう？」

「まあ、そういうことになりますかね。あっさりよりもう少しくらいは、葛藤《かっとう》も躊躇いもあったんですけど」

「だったら、いつか俺のことも……何だ、あの冬洲と同様、ヤドカリが貝殻を住み替えるようにあっさり捨てる日が来るんじゃないのか」

「………ふふっ」

九条は含み笑いで、甫の身体をゆるりと抱いた。その腕の中で寝返りを打ち、九条のほうを向いた甫は、ムッとした顔で、本採用した恋人の顔を睨みつけた。

「何がおかしい！」

「おかしいですよ。ヤドカリにたとえるなんて、斬新《ざんしん》すぎて笑ってしまいました。でも、あなたらしいです。それに……僕が答えるのが、そのたとえのおかげでとても楽になりました」

「……だったら、とっとと答えろ」

閨《ねや》で見せる顔とは思えない険しい面持ちで返答を迫る甫の、その眉間の皺にキスを落として、九条は神聖な誓いの言葉のように囁いた。

「九条ヤドカリにとっては、こんなに綺麗で住み心地のいい貝殻はありません。あなたが……大野木甫という人が、僕の終《つい》の棲家《すみか》ですよ」

「その根拠は？」

しかし、甘い言葉にもごまかされず、さらなる説明を求める甫に、九条の口角が微妙に上がった。それだけのことで、彼が若干悪い笑顔になった気がして、甫はささやかな恐怖心にかられ、九条の腕から逃れようとする。

だがそれを力強い腕で阻止し、九条は手のひらを甫の腰に這わせた。さっきさんざん嬲《なぶ》られた後ろに荒れた指先で触れられ、甫の身体がびくんと跳ねる。

「では、お言葉に甘えて、あなたという『住み処』の素晴らしさをもう一度、この身体でとくとご説明させて頂くとしましょうか」

「えっ……？　いや、そ、それは……あ、あっ」

「ご遠慮なく。何でしたら、朝まで説明努力をさせて頂きます」

「ああっ……」

うっかり墓穴を掘ったことを悔やむ余裕すらなく、甫は再び、九条の手管《てくだ》に翻弄《ほんろう》されることとなったのだった……。

意地っ張りのベイカー

Ｋ医科大学の一号館三階にあるリハビリテーションルーム。

明るく広い空間のそこここに、リハビリに励む患者たちと、彼らに付き添う理学療法士たちの姿がある。

そんな理学療法士のひとり、二十七歳の深谷《ふかや》知彦《ともひこ》は、受け持ちの入院患者である年配女性の膝に手を添え、明るい声で言った。

「はい、ラスト二回いきましょう」

マットに座らせたその女性は、先月、脳梗塞《のうこうそく》で倒れ、左半身麻痺《まひ》になった。今、動かなくなった手足の機能を少しでも取り戻すべく奮闘中なのだ。

「もう嫌。もう無理。できないわ～」

「そう言わずに。ほら、僕も頑張って声を出すから。せーの、はい曲げてーっ」

「ううううぅ、痛い、痛いっ」

知彦が手に力を入れると、患者は顔を歪め、悲鳴を上げた。

無論、知彦には、患者の訴える痛みをみずから体験することはできない。だが医学的な知識と、彼女の額に滲む脂汗で、苦痛が誇張でないことはわかる。

それでも知彦は、明るい笑顔と声で患者を励ましつつ、手の力をいっそう強めた。

「もっと膝を身体に引き寄せて。そうそう、やった、今日最高に曲がったよ！　今度はゆっくり伸ばしましょうね。息を吐いて」

「はぁ……。死ぬかと思ったわ。深谷さんはいつも簡単に言うけど、大変なんだからね」

「そりゃ、痛いのも大変なのもわかりますよ。でも、やればできたでしょ」

「確かにねえ。痛くなくなれば、もっと頑張る気になるんだけど」

「頑張れば、だんだん痛みも軽くなります。今は我慢してください」

「ホントかしら」

「ええ、きっと。僕を信じてくださいよ。さ、ラスト一回！　頑張っていきましょう」

「はいはい。一応、信じておくわ」

渋々ながらも今度は自分から動作に入ろうとしてくれる患者にホッと胸を撫で下ろし、知彦は、自由を失った弱々しい膝に再び動きが戻るようにと祈りながら手を当てた。


その夜。

「ふう……今日も疲れたなあ」

駅から自宅までの道を歩く知彦の口からは、半ば無意識にそんな呟きが漏れた。

リハビリテーション科は他の科目、特に外科系に比べれば比較的時間どおりに業務が終了する。救急受診する患者もいない。

他科に勤めるコメディカルの同僚、特にシフト制で業務内容も過酷な看護師たちには、お前たちの仕事は、患者が頑張っているのを見ているだけでいいんだから楽なものだ……と羨《うらや》まれたり、やっかまれたりする。

そういうときは適当に受け流すが、理学療法士の仕事は傍目《はため》ほど楽なものではない。

基本的に人間は、苦しくつらいことに挑むのは嫌なものだし、まして患者の多くは、ある日突然、身体の自由を奪われた人たちだ。

彼らは、それまで当たり前に出来ていたことが出来なくなっていることに大きなショックを受け、思うように動かない身体に絶望し、落胆し、憤っている。そんな人たちとコミュニケーションを取り、過酷な現実を受け入れさせるのは容易なことではない。

それでも、リハビリがスムーズに進んで、徐々にでも成果が上がるケースはまだいい。期待したような結果が出ない場合が問題で、無気力になってしまう患者もいるし、自分の身体に対する不満を、理学療法士に向ける患者も少なくないのだ。立ち位置が患者により近いだけに、医師と患者、あるいは家族と患者の板挟みになって苦しい思いをすることも多々ある。

自分の仕事に誇りを持っていて、人間が好きでなくてはとても務まらない仕事だ……と本当は声を大にして主張したい知彦なのだが、そんなことを熱く語ってもどうなるものでなし、やや鬱屈した思いは胸に秘めたまま、日々を過ごしてきた。

理学療法士になってもうすぐ五年。仕事のノウハウもようやくわかってきた。

事故や病気に見舞われた人たちを手助けし、一度は失われた機能を回復させたり、残された機能を活《い》かして他の動作で日常生活の不自由を補えるようにする……そんな理学療法士の仕事にも、大きなやり甲斐を感じている。

知彦自身は自覚していないし、武器にしようと思ったこともないが、彼は整った、それでいて人懐っこそうな顔立ちをしている。性格も温厚で明るいので患者には人気があり、男女を問わず、知彦をわざわざ指名したがる患者も少なくない。

　傍から見れば、まさに順風満帆といった感じなのだろうが、人間相手の仕事なので悩むことも多いし、まだまだ自分の仕事を客観的に評価できるほど余裕もない。

　仕事の後のミーティングや勉強会を終えて家路につく頃には、この仕事を始めたときと少しも変わらず、精根尽き果てた状態になってしまうのだった。

　理学療法士仲間の独身者の多くは、病院のすぐ近くにある寮で生活している。実家が遠い知彦も、最初はその寮に入った。

　だが彼は、オンとオフを分離しにくい寮生活を嫌い、翌年の春、下町の古びた一軒家に引っ越した。本当はアパートを捜したのだが、ごく小さな家を破格の家賃で借りることができたので、そこに決めたのだ。

　病院からも最寄りの駅からも遠いが、静かな環境と、年寄りが多いせいでどことなくゆったりした空気が気に入り、以来、そこに住み続けている。

　夜の七時を過ぎるとほとんどの店が閉まってしまう土地柄なので、表通りを離れると、道はどんどん細く、暗くなるばかりだ。最初の頃は少し怖かったが、今はまばらな街灯にも慣れた。駅からの長い歩き道も、理学療法士から素の自分に戻るためにちょうどいい距離だと感じられる。

（はー、腹減った。今日、何作ろうかな。味噌汁は昨日の残りがあるから、あと冷蔵庫の

中身で何か。面倒だから、肉野菜炒《いた》めでいいか。焼肉のタレをかけりゃ、何でも旨いし）

そんなことを考えていた知彦は、ふと漂ってきた匂いに足を止めた。

「ん？」

それはパンを焼く香ばしい匂いで、空きっ腹にはあまりに魅惑的すぎた。知彦はついその源である斜め前の小さな家にフラフラと足を向けてしまう。

「あれ、ここって」

朝から晩まで働き、週に一日の休みは睡眠と家事に費やすので、正直なところ、あまり濃い近所づきあいはできていない。それでも近所の人たちとは自然と顔見知りになるし、たまに作りすぎたおかずをお裾分けしてもらったりもする。

知彦が足を止めたその家にも、時折里芋の煮っ転がしを持ってきてくれる年配の女性がひとりで住んでいた。けれど半年近く前に病気で亡くなり、それ以降、空き家になっていたはずだ。

「誰か、越してきたんだな」

以前は駄菓子屋をしていたというその家は、廃業してからも、玄関は大きなガラスの引き戸のままだった。

（天気のいい日は、日がな一日ガラス戸を開け放って、土間に椅子を持ち出して座ってたなあ、お婆《ばあ》ちゃん）

路地を行き交う知人を捕まえては、楽しそうに世間話をしていたその女性のことを思い出し、知彦はガラス戸に近寄ってみた。

古ぼけたカーテンの隙間から、家の中の様子がごく一部だけ見える。

(これじゃ覗きだよ)

良心がそう警告したが、いったいどんな人間が越してきたのか気になって仕方がない知彦は、ガラスに鼻先がつくほど顔を近づけた。

「何だか全然変わってないな。リフォームはしてないみたいだ」

細い隙間からは暗い土間の全容は見えないが、見覚えのある古ぼけたガラスケースはそのまま置かれていた。奥の生活スペースと土間を仕切る藍染《あいぞ》めの暖簾《のれん》も、老女が住んでいた頃のままだ。

暖簾の向こうは台所だったはずで、そこには灯りが点いている。

「……あ」

そのまま様子を窺っていると、忙しく動く人影がごく細い視界を横切った。ほんの一瞬のことだったが、それはまだ若い男性に見えた。

なるほど若者ならば、夜にトーストを焼いて食べることもあるだろう。納得して、知彦はガラス戸から離れた。

今、微妙に流行っているらしき「古民家に暮らしたいレトロ好きな若者」なのかもしれないし、単に知彦のように忙しい都市部の暮らしに馴染めない人なのかもしれない。

どちらにしても、貴重な同世代だ。知り合いになれたらいいと知彦は思った。

（僕も、ご近所さんが声かけてくれて嬉しかったもんな。明日にでも、挨拶に行こう）

そんなことを考えながら、知彦はさっきよりもほんの少し軽い足取りで、つましい我が家へと帰って行った。


翌朝、午前七時半。

知彦はいつもより早く家を出て、昨夜、パンを焼く匂いがした家へ立ち寄ってみた。

近くに来ると、昨夜と同じパンが焼ける匂いが、路地まで漂っている。

「夜もパン、朝もパンか。パン好きなのかな、ここの人」

鼻をうごめかせつつ家の前まで来た知彦は、軽く面食らった。

カーテンが開けられ、中が見えるようになったガラス戸には、表札くらいの小さな木製のプレートが掛かっていた。そこには決して達筆ではないが妙に味のある字体で、「遥屋」と書かれている。

「『遥屋』……はるかや、か。屋ってことは、店なんだよな？」

昨夜よりは大っぴらに中を覗き込むと、店舗スペースらしき土間には灯りこそ点《つ》いていなかったが、昨夜見たあの古びたガラスケースの中には、何かが整然と並べられていた。

「……パン……だ」

それは、まさにパンだった。

しかも普通のパンではなく、給食でお馴染みの細くて長い、いわゆるコッペパンばかりが、二十本ばかり横に並んでいる。

　大きなガラスケースのほんの一部だけを使ってパンを並べているので、それが売り物かどうかすらすぐには判別がつかない。

（もしかしたら……昨夜も今朝も漂ってるパンの匂いって、トースト焼いたわけじゃなくて、このコッペパンだったのか。でもって、ここ、パン屋っていうか、コッペパン屋？　そんなわけないか。これから色んなパンが焼き上がってくるんだろう）

　首を傾げつつも、素朴な好奇心の赴《おもむ》くまま、知彦はガラス戸に手を掛けた。ガラガラと派手な音を立てて引き戸が開く。

「……………」

　その音に呼応して、奥から暖簾を潜《くぐ》り、青年が姿を見せた。たぶん、知彦が昨夜見たのは彼の姿だろう。

　全体的な雰囲気から見て二十歳前後といったところだろうか。顔立ちはやや幼さが残っていてどこか中性的だ。身長は知彦より少し低い百七十センチ程度で、華奢《きゃしゃ》な体格をしている。

　給食当番のように結んだバンダナの下から覗く髪はかなり茶色がかっているが、肌が抜けるように白いので、あるいはもともとの色なのかもしれない。

　腕まくりしたロングスリーブのシャツにジーンズ、その上からエプロンをつけた青年は、知彦の姿を見ると何も言わずにうっそりと頭を下げた。

「…………」

服装はこざっぱりしているが、紺色のエプロンは粉だらけになっていた。おそらく彼がガラスケースの中のコッペパンを焼いたのだろう。

いらっしゃいませも笑顔もない青年の出迎えと、ガラスケースの中にズラリと並んだコッペパンの行列に戸惑い、知彦は草食動物を思わせる優しい目をパチパチさせた。

「あ……えっと」

新しい住人と顔を合わせ、挨拶をするだけのつもりだったのだが、店の中に入ってしまい、しかも青年が出て来てくれたからには、方針転換して客にならざるを得ない。

パンは大好きなので、弁当代わりに買っていく分には構わない。とはいえ、素のままのコッペパンを食べるのはあまりにも侘《わ》びしい。というか、本当にこれは売り物なのだろうかと内心首を傾げつつ、知彦は思い切って青年に訊ねてみた。

「ええと……ここは、コッペパンだけ？」

青年は、やはり黙って頷いた。

女の子みたいとは言わないまでも、どこかフワフワした雰囲気の可愛らしい目鼻立ちをしているので、笑えばきっと花が咲いたようだろう。だが彼はムスッと唇を引き結び、怒ったような顔で知彦を睨んでいる。

（僕、何か悪いことしたかな？）

気圧されつつも、とにかくパンを一つ買ってここから退散しようと、知彦はガラスケースの中を指さした。

「じゃあ、その……コッペパンをひとつ」

そう言うと、青年は突然ガラスケースの上に置いてあった小さな黒板を両手で持ち、知彦の鼻先に突きつけてきた。

「!?」

見れば、表のプレートとそっくり同じギコギコした字体で、

単品　一一〇円
ジャム　一三〇円
ピーナツバター　一三〇円
卵　一五〇円

とある。白いチョークで書かれた愛想も何もないそれが、コッペパンの間に挟むフィリングの種類、つまりお品書きであることに気付くのに、十数秒かかった。

「あ……ああ、この中から選ぶのか。えっと、じゃあ、ジャムひとつ」

「…………」

青年はやはり怖い顔のままでこっくり頷くと黒板を置き、クルリと背を向けた。

壁際に取り付けた流しで手を洗い、ガラスケースからコッペパンを取り出す。そして、流しの横の調理台にまな板を置き、パンを載せた。

ナイフでザクザクとコッペパンの横っ腹に切れ目を入れて開き、まずはパレットナイフ

でマーガリンを、それから苺《いちご》ジャムをたっぷり塗りつける。

注文が入るたびに、そうやってフィリングを挟んで売るシステムらしい。なるほど、それでケースの中には、加工前のコッペパンが並んでいるというわけだ。

仕上がったコッペパンをグラシン紙でクルリと巻き、これまた懐かしい感じの小さな紙袋に入れると、青年はガラスケースの上にそれを置いた。

「あ……っと、百三十円、だったよね」

青年の手際に見とれていた知彦は、慌ててポケットからウォレットを出し、百三十円をガラスの上に乗せる。

「…………」

青年は仏頂面のままで小銭を回収し、最初と同じように慣れない感じで頭を下げると、店の奥に戻ってしまった。

「あ……り、がとう」

退却が素早すぎて、知彦のお礼の言葉は宙に浮いてしまう。

(な……何だかなあ……って、あ、やばい。仕事行かなきゃ)

あまりのことにしばし呆然としていた知彦だが、時計を見て、慌てて店を飛び出した。

まだ遅刻するほどではないが、余裕綽々と言えるような時間帯でもない。

「とにかく、昼飯はゲット、だな」

そう呟いてコッペパンの紙袋をショルダーバッグに入れ、知彦は駅へと急いだ。

その日の午後一時過ぎ。昼休憩に入った知彦は、パンの紙袋と自販機で買った紙コップ入りのコーヒーを持って、中庭に出た。

三月に入ったとはいえ、まだ春の気配は遠い。外は冷たい風か吹いていたが、知彦はケーシーの上にダウンジャケットを羽織ってでも、外の空気が吸いたかった。空気のいい田舎で育った彼なので、病院の中の独特の臭気にはいつになってても慣れることができないのだ。

いつものベンチに落ち着くと、彼はガサガサと紙袋を開き、コッペパンを取り出した。

「何だか凄く変な店に、変な奴だったな」

今朝のことを思い出しながら、包み紙を剥がし、出て来たコッペパンを無造作に齧《かじ》る。

しかし次の瞬間、知彦はビックリして目を見張った。

「うあっ。何だこりゃ」

ほとんど義理と成り行きで仕方なく買ったコッペパンだったが、どうやら凄いアタリを引き当てたらしい。

コッペパンといえば、牛乳がなければ食べられないほどぱさぱさした、大きいだけの味気ない食べ物……そんなイメージを一口で払拭《ふっしょく》してしまうほど、「遥屋」のコッペパンは鮮烈な旨さだった。

こんがりきつね色に焼き上がった薄い皮は香ばしく、真っ白な内部の生地には細かい気泡がまんべんなく入って、ふんわりしっとりしている。それでいて適度な弾力があり、噛むと歯に心地よい。

フランスパンのように小麦の風味が強く主張するわけではなく、優しい味のコッペパンは、マーガリンの塩気や脂気、ジャムのねっとりした甘さと一体になって、初めて「とても美味しいパン」になるように計算されているような気がする。目新しさはないが、懐かしくてホッとする食べ物だ。

「旨かった……！」

かなり大ぶりのコッペパンを無我夢中で食べ終え、そこで初めてコーヒーを一口飲んで、知彦は満足の溜め息をついた。

食べ始めるまでは、終始一言も発しなかったあの無愛想な店主のこともあり、当分行くまいと思っていた「遥屋」だが、こうなってくると他のフィリングがどうにも気になる。

「もしかしてあの人、発語が不自由……とか、そんなことがあるかもな」

医療従事者だけに、そんなことも考えてみた。だとしたら、今朝の青年の態度を少し不愉快に思った自分の狭量さを反省しなくてはならないと知彦は思った。

（だよな。第一印象だけで相手を判断しちゃ、理学療法士失格だ。確実に耳は聞こえてるんだから、明日、もっぺん買いに行って、味の感想を伝えることから話をしてみよう。こんな旨いパンを焼く人が、悪い人なわけがないよ）

思いがけず美味しい昼食で、午前中に溜まった疲れが取れた気がして、知彦は勢いよくベンチから立ち上がった。

翌朝、知彦が再び「遥屋」を訪れると、知彦が借りている家の持ち主が、ちょうど店から出てくるところだった。手には、コッペパンの入った紙袋がある。

「おはようございます」

知彦が意外に思いつつ挨拶をすると、八十を過ぎても矍鑠《かくしゃく》としている彼女は、感心しきりの顔つきで挨拶を返してきた。

「あら、深谷さん。おはよう。目敏《めざと》いねえ、あんたもここでコッペパン買ってるの？」

「あ、はあ。昨日初めて」

「あたしだってそうだわよ。この店、昨日の朝に開店したんだもの」

「そうなんですか？　ああ道理で、一昨日の夜まで気がつかなかったわけだ。っていうか、大家さんこそ目敏いじゃないですか」

真っ白な髪をキリリとひっつめにした老女は、どてらの前をピンと引っ張り、威張った調子で頷いた。

「そりゃそうだよ。だってあんた、ここに越してきて店をやってんのは、シゲノさんの孫だもの。あたしは町内会の世話役をやってるだろ？　だからそういう情報はきっちり入ってくるんだよ」

以前、この家に住んでいた老女の名を聞き、知彦は少し驚いて問い返した。

「へえ、あのお婆ちゃんのお孫さんが家を継いで越してきたんですか。ご家族で？」

「それが、ひとりらしいのよ。孫といやあ、ちっちゃい頃はよく兄弟で遊びに来てたけど、最近はとんと見なかったのにね。今住んでるのは、弟のほうらしいよ。お兄ちゃんはしっかり者だけど、弟はどうにも引っ込み思案で困るってシゲノさんが嘆いてた子だわ」

そこで言葉を切って、老女は何とも言えない苦笑いをした。

「パン屋をやるって聞いたから、早速行ってやったのはいいんだけど、あの子、昨日も今日も、ひとっことも口を聞かないんだよ。それどころか、せっかく可愛い顔してんのに、ニコリともしやしない」

「あ、それ、僕だけじゃなかったんですね」

邪険にされたのが自分ひとりでないと知って、知彦は何故かホッとしてしまう。家主は両手を腰に当て、大袈裟に顔をしかめた。

「そうなのよ。せっかく買いに行ったご近所さんたちも、みーんな呆れてたわよ。そんな態度じゃ店はやれないよって、さっきガツンと叱ってやったわ」

「ありゃ……叱っちゃいましたか」

「せっかくパンは美味しいんだ、どうせやるんなら繁盛して、ここに根付いてほしいと思うからね。でなきゃシゲノさんも心配で、あの世から帰ってきちまうよ。あんたも、せいぜい贔屓《ひいき》にしてやってあげてよねぇ」

口調はきついが、言葉には下町の年寄り独特の優しさが滲んでいる。知彦は笑って頷いた。

「そうします。今朝も、昼飯をここで仕入れるつもりで来たんですよ」

「そりゃいい考えだわ。仕事、頑張ってらっしゃいよ。夜にはカボチャの煮っ転がしでも差し入れしてあげるから」

「ありがとうございます。それじゃ」

気のいい家主に頭を下げて別れ、知彦は店に入った。

昨日の朝と同じような服装をした店主の青年は、今日はまだガラスケースの前にいた。

「…………」

俯《うつむ》いていた彼は、知彦の姿に視線を上げ、すぐに一礼がてら目を伏せてしまった。もとから色白な顔が、さらに青ざめている。

（体調が悪いのかな。……あ、いや。もしかして、大家さんに怒られて泣いた？）

目の下に僅かに滲む涙を見て、知彦はハッとした。どうやら、さっき家主が言っていたように「ガツンと叱られた」のが、酷くこたえているようだ。

それでも頑なに俯いて無言のまま、青年は昨日の朝と同じように小さな黒板を知彦に向けてくる。

「あ……と、じゃあ、ピーナツバター」

昨日よりもさらに困惑の度を深めつつ知彦がそう言うと、青年は小さく頷いて彼に背を向けた。チャンス到来と、知彦は口を開いた。お互いに顔を合わせていなければ、少しは話しやすいだろうと思ったのだ。

「あの……さっきのお客さんさ」

手を洗っていた青年の肩がビクッと震える。やはり、彼の酷い顔色と涙は、家主の叱責のせいだったらしい。

「あれ、うちの大家さんなんだ。口うるさいけど、面倒見が良くて心配性で、ホントは凄くいい人なんだよ。僕も、住み方がなってないって、よく怒られる。だから……その、君のことを思って叱ったんだって、わかってあげてほしいんだ。コッペパンが美味しいから、上手くいってほしいって言ってたし」

「！」

青年は手を拭こうと両手でタオルを持ったまま、微妙な角度で振り返った。その茶色い瞳に不安と期待の色を見て、知彦は深く頷いてみせる。

「確かにそう言ってた。きっと近所の人に大宣伝してくれるよ。お客さん、増えるんじゃないかな。その、僕もさ。昨日買ったジャムサンドなんだけど」

「………」

タオルから手を離した青年は、ガラスケースの前に戻ってきて、じっと知彦の顔を見つめた。相変わらず表情は硬いが、血色はかなり戻ってきている。瞬きすら忘れたような青年の視線に気圧されつつも、知彦は素直な感想を述べた。

「ホントのこと言うと、初めてこの店に入ったとき、何だコッペパンしかないのかよってガッカリしたんだ。ジャムサンドを頼んだのも、何も買わずに出て行ったら失礼だからってだけだった」

たちまち、青年の形のいい眉がキリリと吊り上がった。明らかに怒っている。

(可愛い癖に妙に迫力あるよな、こいつ。何か怒りのオーラがみょんみょん出てるのがわかるような気が……)

そんなことを思いつつも、昨日と違って彼が感情を露《あら》わにしており、ある意味コミュニケーションが取れているのは確かだ。彼が自分の言葉に耳を傾けてくれているうちにと、知彦は慌てて言葉を継ぐ。

「いやゴメン。そんなこと言ったら、余計に失礼だよな。でも、違うんだ。昼休みに食ったら、ビックリして変な声が出た」

「………？」

まだ怒った顔のまま、青年は小首を傾げる。バンダナから零れた柔らかそうな栗色の髪が、ふわりと白い頬を掠めた。

「あのさ。予想を遥かに超えて旨かった！　僕、コッペパンっていうと小学校の給食に出た奴しか知らなくてさ。ああいう味気ないもんを想像してたんだけど、全然違った」

やはり一言も発しない青年の頬が、徐々に赤みを帯びてくる。知彦は、その赤さに昨日の苺ジャムを思い出しながら、勢い込んで言った。

「何かもう、感動したんだ。コッペパンとマーガリンとジャムなんて単純な組み合わせなのに、こんなに旨くなるんだなあって。僕はパンが好きだから、掘り出し物発見って感じで、凄く嬉しかった。だから今日も来た。きっと明日も来るよ」

「…………」

「こんな店が近所に出来て凄く嬉しいって、どうしても一言伝えたかったんだ。ごめん、いきなりベラベラ喋っちゃって」

まじまじと知彦の顔を凝視していた青年の顔は、いつしか真っ赤になっていた。その唇が小さく動くのを見て、知彦はついに彼が喋るのではないかと軽く前のめりになる。

「…………っ」

だが彼は赤い顔のまま、ガラスケースからコッペパンを取り、そのまま調理台のほうへ行ってしまった。

思わずずっこけそうになりながらも、知彦は胸が温かくなるのを感じた。あんなに青ざめていた顔が赤くなるほど、彼が自分の賛辞に喜び、照れていることがわかったからだ。

パンを切り、フィリングを挟む。その手順は昨日と変わらないものの、パンを二度落としそうになったことで、彼の動揺が容易く見てとれる。

「僕、そこの角を右に曲がってすぐの家に住んでるんだ。近所に同年代の人がいないから、君が越してきてくれて嬉しくてさ。だから、つい。……ええと、あ、そうだ。僕、深谷って名前なんだけど」

君の名前はと訊ねる代わりに、知彦はそこで言葉を切り、青年の反応を窺う。

「…………」

右手にコッペパン、左手にパレットナイフを持ったまま振り返った青年は、まだ赤味の残る戸惑い顔で知彦を見た。名乗ろうかどうしようか躊躇する様子を見てとり、知彦はちょっと調子に乗ってみた。

「当ててみようか。その前に、君はひとりでこの店をやってる。……ってのは正しい？」

青年は訝しげに、けれど律儀に頷く。

「それでもって、店の名前が『遥屋』ってことは……君の名前は『はるか』君だって僕は推理したんだけど。違うかな」

「違う」

すると青年は小さな声で、しかしきっぱりと否定した。初めて聞く青年の声は、凛《りん》と澄んで、とても音楽的だった。

彼の名前が「はるか」で間違いないだろうと思っていた知彦は、あっさり彼の声が聞けた驚きも手伝い、拍子抜けして絶句してしまう。すると青年は、ボソリと言った。

「はる」

「え？」

「遥って書いて、はる。俺の名前」

「はる、くん？」

「うん」

青年……遥は恥ずかしそうに頷く。

「じゃあ……もしかして、店の名前も『はるや』って読むわけ？」

「うん」

またこっくりと頷く青年……遥がまるで子供のように可愛らしく見えて、知彦の顔には自然と微笑が浮かぶ。

「そっか。自分の名前を店の名前にしたってところは、目の付け所がよかったのにな。惜しい。でも遥君って、凄くいい名前だね」

知彦がそう言うと、遥は酷く狼狽えた様子で視線を泳がせ、口をパクパクさせた。こういうとき、どういう切り返しをすればいいのかわからないらしい。

知彦が見たところ、遥は引っ込み思案というより、むしろ重度の人見知りなのだろう。昨日からの仏頂面も悪意があってのことではなく、慣れない接客や調理に粗相があってはいけないという緊張のなせる業《わざ》に違いない。

その証拠に、遥は数秒考えて、いったん閉じたコッペパンを再び開いた。そして、ピーナツバターをもうひと掬《すく》いすると、たっぷり塗り足す。

（あ、もしかして、あれって……）

ガサガサとパンを包んでいる青年が再び耳まで朱に染めているのに気付き、知彦はピーナツバターの余分の一塗りは、賛辞に対するお礼なのだと理解した。

（こいつ、実はかなりいい奴？　でもって、妙に可愛い……？）

「………と」

微笑ましさにニコニコしていた知彦は、蚊の鳴くような声と共に紙袋を突きつけられてハッとした。

「えっ？」

聞き取れず、聞き返した知彦に、青年は下を向いたまま、小さく唇を動かした。

「……ありがと」

「！」

精一杯の努力で絞り出したらしきただ一言のお礼に、知彦は胸を打たれた。その「じーんと来る感じ」は、日々リハビリを続ける患者が、まったくできなかった動作ができるようになったときの感動に似ている。

ある意味職業病なのだが、頑張っている人を見ると応援せずにはいられない知彦は、その瞬間、遥に決定的な愛着を抱いてしまった。

「こ……こっちこそ、ピーナツバター、いっぱい塗ってくれてありがとな。また明日、必ず来るから！」

素直な気持ちを一息に伝えて、知彦は店を出ようとした。遥と話すために早く家を出たとはいえ、あまり呑気《のんき》に油を売っていては遅刻してしまう。

だが、ガラスの引き戸を開けるのとほぼ同時に、背後からもう一度声を掛けられた。

「……明日は、卵」

「!?」

慌てて振り返ったが、遥はすでに店の奥に引き返してしまい、暖簾の向こうにジーンズの足元が見えただけだった。

「明日は、卵……にしろってことか。あはは。そうだな。どうせなら、全種類チャレンジしなきゃ。また明日な、遥君！」

返事がないのはわかっていたが、知彦は声を張り上げてそう言わずにはいられなかった。

店の外に出ても、不思議なくらい浮き立った気持ちは続いていた。

無愛想なコッペパン屋の店主と言葉のやりとりができたからといって、ここまで嬉しくなるなんて奇妙すぎる。そう思いつつも、知彦はいやに速くなった鼓動を鎮めることができないまま、足早に歩き出したのだった。


それ以来、知彦は週に六日、つまり仕事のある月曜日から土曜日まで毎日、出勤途中に「遥屋」に立ち寄り、コッペパンを昼食に仕入れるようになった。「遥屋」の定休日は日曜なので、早い話が営業日には必ず買いに行っていることになる。

コッペパンのフィリングは三種類しかないので、最初のうちは適当にローテーションを組んでいたのだが、さすがに飽きてくる。

そこで知彦は、三日は店のフィリングを選び、残りの三日は何も挟まない単品のコッペパンを買うことにした。具材をみずから調達し、オリジナルのサンドイッチを作ることにしたのだ。

ハムやコンビーフやツナや野菜……。どんなフィリングでも遥のコッペパンなら美味しいサンドイッチができた。中でも知彦のお気に入りは、病院近くの市場の肉屋で売っている揚げたてのコロッケで作るコロッケサンドだった。熱々のコロッケを半分に切り、サービスでつけてくれるキャベツの千切りと一緒にコッペパンに挟む。そこにソースをかけて頬張ると、最高に旨いのだ。

遥も、毎朝顔を合わせてほんの短い言葉のやり取りをするうち、少しずつ知彦に慣れてきたようだった。

今では知彦と顔を合わせると、酷くはにかんだ笑みを向けてくる。それに、あるとき知彦に「感謝の気持ちだけでも言葉にしようよ。人見知りは一生ものじゃない、克服できるもんだよ」と言われて以来、遥は彼なりに努力するようになった。

最初はどの客に対しても、蚊の鳴くような声で「……ませ」とか「……した」しか言えなかったが、それでもつい心配で店の片隅で見守っていた知彦に、「言えた！」とばかりにキラキラした眼差しを向けてくる。

その得意げな顔つきや紅潮した頬が可笑しくて可愛くて、知彦もつい受け持ちの患者が頑張ったときに見せるような笑顔を返したものだ。

開店から二ヶ月経った今では、遥は「いらっしゃいませ」と「ありがとうございました」がハッキリと言えるようになった。

相変わらず世間話やお愛想は一言も出ないし、緊張が邪魔して笑顔もなかなか見せられないが、店に来る客たちのほうが先に、そんな遥に慣れてしまった。

下町のよく言えば人情家、悪く言えばお節介でゴシップ好きな年寄りたちの情報ネットワークは光ケーブル並みに速い。

知彦が家主に「遥は人見知りなので、どうか暖かく見守ってやってほしい」と伝えると、翌日には町内の年寄り連中ほぼ全員がそれを聞き知っているという優秀さだ。

おかげで、皆コッペパンと遥自身への興味からこぞって「遥屋」を訪れ、本当に遥が人見知りなことにある意味感心し、コッペパンの味の良さにも惹かれて、常連になってくれたらしい。

遥が、もともとその家に住んでいた老女の孫だということも、年寄り連中には嬉しいことだったのだろう。今や、知彦が店に行くと、店内に何人か客が待っていることも珍しくなくなった。

そして……遥がコッペパン屋を開いてから、知彦には密かな楽しみができた。

毎晩、家に帰る途中、既に閉店した「遥屋」のカーテンの隙間から、そっと店の奥を覗くのだ。

いつ見ても台所には灯りが点いていて、遥が忙しく立ち働いているのが見える。いつも真剣そのものの遥の顔を見ると、仕事に一生懸命なのも、困難に立ち向かっているのも自分だけではない、そう実感できて、知彦はとても心強く感じた。

決して褒められた行為でないことは自覚していたが、最近では、一日の終わりに遥の顔を見ないと、どうにも落ち着かない。軽い変態にでもなったような罪悪感を覚えつつも、知彦はそれをやめられずにいた。

そんな、ゴールデンウイークも終わり、世間が何となく連休ボケから立ち直りつつある金曜の夜……その事件は起こった。

普段は七時過ぎには帰宅できる知彦だが、その日は翌週の勉強会用の予習に手間取り、二時間ほど帰りが遅くなった。

だが、家路を辿る知彦の足が重いのは、疲れのせいだけではない。

実は昼間、知彦は理学療法士としてはあまりにも情けないミスをしてしまった。患者が回復を焦るあまり無理をし過ぎているのを見抜けず、みすみす状態を悪化させてしまったのだ。

それを上司である医師に目敏くチェックされ、同僚たちの前で厳しく責められた。自己嫌悪は激しく、何時間経っても落ち込んだ気分は少しも晴れない。

いつもは駅から家まで歩きながら気持ちに区切りをつけるのだが、今夜に限ってはそうもいかなさそうだった。

せめて、頑張っている遥の姿を見れば、気が晴れるだろうか。そう思いながら、知彦はいつものように、そしてすっかり慣れた足取りで、「遥屋」のガラス戸に近づいた。

長年の酷使で金具がくたびれ、カーテンがきっちり閉まりきらないのを幸い、隙間から店内を覗き込む。

「ああ、今日も頑張ってる。顔赤くして」

今夜は、調理台に向かっている遥の姿が見えた。生地をこねてでもいるのか、上半身がリズミカルに動いている。

ギュッと引き結んだ唇や、真摯《しんし》な瞳、それに赤らんだ柔らかそうな頬。ほぼ毎晩見ている、仕事中の遥の顔だ。

Tシャツから覗く細い二の腕に力がこもっているのを見ると、彼が全力で頑張っていることが見てとれ、それだけで知彦の沈んだ心が、ほんの少し軽くなった気がする。

（僕は何してるんだろうな……。何だって、遥君の顔を見ているだけで、こんなに温かい気分になるんだろう）

自分では気付いていないが、ずいぶん熱っぽい眼差しで遥を見守りつつ、知彦は独りごちた。

「妙に……癒されるんだよな」

多少は言葉のキャッチボールが出来るようになったとはいえ、友達づきあいをしているわけでもない遥にこんなにこだわる理由が今さらながらに不思議で、知彦は首を捻る。

だが、就職と同時に故郷を離れ、それからはずっと仕事三昧の日々を送ってきた知彦にとって、仕事絡みでない同年代の知り合いといえば遥だけだ。それも、彼が知彦の癒しになっている一因かもしれない。

（そんなこと考えたら、滅茶苦茶寂しい奴だな、僕って）

せっかく持ち直しかけた気分がまた沈みそうになって、知彦は首をブルブル振った。

そのとき。

『わあっ！』

店内から突然聞こえてきた悲鳴に、知彦はギョッとして店内に視線を戻した。

「な……何だ？」

それは確かに、遥の声だった。何事かとガラス戸に両手をついて覗き込んだ知彦の視界の中で、遥の姿が斜めに傾ぎ、そのまま台所の床に尻餅《しりもち》をつく。酷く怯えた表情だ。

「あっ！　や、やばいっ！」

限られた視界の端にチロチロと揺らめく炎が見えた瞬間、知彦の身体は反射的に動いていた。

ガラス戸に手を掛けて力を入れたが、鍵がしっかり閉まっていて、ガタガタ鳴りはするもののびくともしない。どうしようかと考える間もなく、知彦は全速力で勝手口に回り、アルミのドアノブに手を掛けた。幸いそちらの鍵は開いており、知彦は勢いよく台所に駆け込んだ。

「遥君！　どうした……うわっ！」

厨房《ちゅうぼう》の中には白い煙がもうもうと立ちこめていて、古びたオーブンの扉が開き、そこから炎が噴き出している。焦げ臭さの中にガスの臭気を嗅ぎつけた知彦は、顔色を変えた。

「遥君ッ！」

「う……ぁ」

遥はさっきガラス越しに見えた姿勢のまま床に尻餅をつき、裂けんばかりに目を見開いている。オーブンを載せたラックに火が燃え移り、彼が座り込んでいる場所も相当熱いはずなのに、遥は逃げることもできず、ただ目の前の炎を凝視しているばかりだ。細い身体は、傍目にも明らかに震えていた。

「バカ、何してるんだっ！」

知彦は両腕で遥を羽交い締めにして炎から遠ざけ、慌ただしく周囲に視線を走らせた。

幸い、台所の片隅に消火器が据えてある。それを抱え上げた知彦は、安全栓を引き抜き、ホースを炎に向けてレバーを引いた。

ブシュウウウウウッ！

消火器を扱うのは生まれて初めての経験だ。大きな音と、凄い勢いで噴き出す白い粉末に驚いたが、怯《ひる》んでいる場合ではない。

「……ゲホッ、ゲホッ……！」

おそらく火元と思われるオーブンに消火器を向けたはいいが、煙に消火器の粉末が加わり、鼻と喉が刺激されて、咳が止まらない。目からは涙がボロボロと零れた。

「よし……っ」

消火器の噴射は予想外に短く、十数秒で終わってしまった。それでも、オーブンから噴き出す炎もラックに燃え移った火も上手く消えたので、知彦はホッと胸を撫で下ろしつつ、背後の遥を振り返った。

「遥君、ガスの元栓はどこ!?」

「………え?」

遥はまだぼんやりと知彦を……いや、知彦のいるあたりの虚空を見ているばかりだ。知彦は、珍しく声を荒らげた。

「元栓! ガスを止めないと、危ないだろう。また火がついたら、もう止める道具はないんだからッ」

「あ……そ、その戸棚の中。奥のほう……ゲホッ……」

こちらも咳き込み、まだ心ここにあらずという感じながらも、知彦に叱りつけられた遥はのろのろと片手を挙げ、オーブン横の戸棚を指さす。

「ここか!」

引き戸を開けると、確かに奥の隅っこにガスのコックが二つ並んでいた。両方ともをしっかりと閉めて、知彦はようやく安堵の息を吐く。

「な……何とかなった……か」

まだしばらく監視する必要はあるが、消防署を呼ぶほどではないようだ。それよりも、様子のおかしい遥が気に掛かる。知彦は遥の前にしゃがみ込み、怯えた目で自分を見る遥に、優しく声をかけた。

「遥君、とにかくここは空気が悪いから、他の部屋に行こう」

「……ん……」

まだろくに口もきけない様子だが、知彦の言葉に遥は小さく頷く。知彦が抱きかかえてやると、遥はヨロヨロと立ち上がった。大きな怪我がなさそうなのを素早くチェックして、知彦は彼を奥の茶の間へ連れていった。

畳の上に遥を座らせ、コップに水を汲《く》んでちゃぶ台の上に置く。

「とりあえずそこで休んでて。いいね？」

ゆっくりと遥の顎が上下するのを確かめ、知彦は台所に戻った。

消火器から噴射された粉末が付着して、オーブン周辺は真っ白になってしまっている。掃除には、かなり手間がかかりそうだ。

「焦げ臭さの元はこれか……」

オーブンの中には、黒こげになり、粉末を被ったコッペパンの残骸《ざんがい》がいくつも転がっていた。

こんな時間に明日のパンを焼くとは思えないので、これは試作品なのだろう。その作業の最中に、何らかの原因でオーブンから火が出たらしい。

とにかく換気扇を最大にし、勝手口を大きく開け放っておいて、知彦はしばらく台所を見張っていた。焦げ臭さは当分取れそうになかったが、ガスの臭《にお》いは元栓を閉めたおかげで消えている。

「やれやれ……。どうにか一安心みたいだ」

火が燃え広がる前に消火できたので、隣人たちもこの騒ぎに気付いた様子はない。十五分ほど、火の気がないかと台所のあちこちを目を皿のようにして捜したが、再び出火する気配もなかった。

「よかった。……ああいや、それより遥君は大丈夫かな」

胸を撫で下ろしたのも束の間、今度は茶の間に残してきた遥のことが心配になる。知彦は勝手口を施錠し、急いで茶の間へ戻った。

遥はさっき知彦が座らせたのと同じ場所で、膝を抱え込み、小さくなっていた。知彦が入っていくとのろのろと視線を上げはしたが、その目は酷く虚《うつ》ろだ。

「火……」

色の失せた遥の唇が僅かに動いて、微かな声が漏れる。知彦は大きく頷いた。

「大丈夫。ちゃんと消えたよ。オーブン周りは大変なことになってるけど、火が燃え広がらなくてよかった」

感情が失われていた遥の目に、今度は徐々に不安の色が満ちていく。

「家……燃えてない？」

知彦は彼を安心させるべく、敢えて明るい口調で請け合った。

「全然。ラックは駄目だろうけど、それ以外の物に燃え広がる寸前で消し止められたね。

よかった」

「ほ……ん、とに？」

「ホントだよ。大丈夫」

「………よか……った……。ばあちゃんの家、すっごく大事に使ってた台所、燃やしちゃったら俺……どうしようって……っ」

遥は突然、声を詰まらせた。その薄茶色の目がみるみる潤み、喉から嗚咽《おえつ》が漏れる。感情が戻ると同時に、恐怖と後悔がこみ上げてきたのだろう。

「ひ……っく……う、ううっ……」

大きな瞳から涙がボロボロとこぼれ、煤《すす》で汚れた頬を伝うのを見て、知彦はギョッとした。畳を這いずって傍に行くと、遥はまるで小さな子供のように知彦に飛びついてくる。

「わっ！」

今度は自分が尻餅をつきつつも、そこは理学療法士、バランスを失った相手を咄嗟に支える技術には長《た》けている。着痩せするが意外にガッシリした身体をいっぱいに使って、知彦は遥を受け止めた。投げ出した両脚の間に、遥の身体がすっぽり収まる体勢だ。

何だか女の子を慰めているみたいなシチュエーションだと思いつつも、遥は泣きじゃくる遥の背中を優しく撫でてやった。

「あーほらほら、大丈夫だって。心配ないって言ってるだろ。いったいどうしたっていうんだよ」

「う……ううっ。だって、こ、こ、こわか、った……！」

知彦のコットンシャツの胸に顔を押しつけ、両手で知彦にしがみついて、遥は切れ切れに訴える。

「怖かった、って……。そりゃ、ビックリするのはわかるけどさ。それにしたって大したことはなかっ……」

「ううう……だ、だって、だって……！」

「あーあー、わかったわかった。怖かったんだよな。うんうん」

この程度のボヤでいい大人の遥が何故こんなに動揺するのかはさっぱりわからないが、こうも激しく泣かれては、自分が何やら悪いことを言ったような気がする知彦である。

しかも、初めて触れた遥の身体は、見た目よりもさらに細く、弱々しかった。震える身体の温もりは、知彦を兎《うさぎ》でも抱いているような気分にさせ、庇護欲《ひごよく》を掻き立てる。

（事情は知らないけど、こんなに細っこい身体で、ひとりで頑張ってるんだもんな。原因が何だろうと、泣きたくなることだってあるよ、そりゃ）

そう思い至ると、大火事になる前に火を消し止められてよかったという安堵と同時に、彼が泣きたいときに自分がいてやれてよかったという想いが胸にこみ上げてくる。

ごく自然に、知彦は両腕でしっかりと遥を抱き締めていた。遥も少しも抗わず、知彦の胸に震える身体を預ける。

「いいよ。店を開いてから、きついこともいっぱいあったろ。いい機会だから、一切合切一緒くたにして、思いきり泣いちゃえばいい。火事を言い訳にしてさ」

子供をあやすように柔らかな髪を撫でてそう囁いてやると、遥の嗚咽はいっそう激しくなった。

「うん。そうそう、その調子。もうこうなったら、明日の朝まででもつきあってやるから、好きなだけ泣けよ」

アクシデントで慌て、身体を思いきり動かしたせいか、こうして遥を抱いているせいか……あるいは、その両方か。昼間、上司に叱責されてからずっと知彦の胸を重苦しくさせていた負の感情は、すっかり消えていた。

（この状況で、僕のほうが癒されてどうするんだか）

そんな自嘲《じちょう》とも何ともつかない不思議な気持ちを持て余しつつ、知彦はただひたすら、遥の温かな身体を抱いて座り続けていた。

「こうして軟膏《なんこう》を塗って絆創膏《ばんそうこう》を貼っておけば、ヒリヒリが薄れるだろ？」

「ん……」

小一時間ほども盛大に泣き続けた遥は、泣き止んでからも腫《は》れぼったく赤い目をしていて、声も涙に湿っている。

知彦は、そんな遥の傷の手当てをしてやっていた。

幸い、遥は手や顔にごく軽い火傷を負い、床に転んだときに打ち身を作ったくらいで、大した負傷はない。家庭用救急箱の乏しい市販薬でも、十分に処置ができそうだった。

「指……火傷しちゃった」

思う存分泣いたおかげでかなり落ち着いた遥は、ぽつりと呟く。知彦は、慰めるように言った。

「どのみちオーブンがあれじゃ、パンを焼く作業はしばらく無理だよ」

「うん……」

「業者を呼んで、ちゃんと見てもらわないとな。どこかから微妙にガスが漏れたりしてたのかもしれないから、今のままじゃ危ない」

「……うん」

「それに、消火器の粉ってあんなに派手に飛び散るんだな。掃除も手間がかかりそうだ」

「……ん……」

遥の手を取り、指の火傷に一箇所ずつ丁寧に軟膏を塗っては絆創膏を巻く知彦の手を見下ろしながら、遥はいちいち小さく頷く。

上下する綺麗なつむじを見ながら、知彦は問いかけた。

「売り物のパンは朝に焼くんだろ？」

「朝……と、昼も。オーブンが小さいから、何度も焼く」

「なるほど。最近、店も繁盛してるみたいだもんな。じゃあ、夜は試作品か何か？」

「うん。俺のパン作りの先生も、他の町でコッペパン屋やってて。その先生から出された一生ものの宿題なんだ」

「宿題？」

「毎晩必ず、粉の配合とか水の量とか捏《こ》ね具合とか、何か一つ工夫してパンを焼いてみろって。で、それがいいと思ったら、どんどん取り入れていけ、そうすればいつか必ず、最高のコッペパンが出来上がるからって」

遥がこんなに長く喋るのは始めてだ。知彦は話の内容もさることながら、ようやく本当の遥に触れることができたのにも感動して相づちを打った。

「日々、研究を怠るなってことだな」

「うん。もうお爺《じい》ちゃんだけど、自分も今でもそうしてるんだ。俺、先生んとこに半年弟子入りして、色々教えてもらった」

知彦はちょっと驚いて問い返す。

「半年だけ？　半年で、あんなに美味しいパンが焼けるようになったのか？」

「だって、コッペパンだけだし」

遥はようやくはにかんだ笑みを柔らかそうな頬に浮かべ、伏し目がちに言葉を継いだ。

「俺もホントはもっとみっちり修行したかったけど、先生が、もう教えられることは全部教えた、あとは自分で頑張りなって放り出された。先生、年寄りなのにワイルドなんだ」

「結構、コッペパンの世界もスパルタだね」

「うん。……あのオーブン、先生が前に使ってた奴なんだ。旨いパンを焼いてくれるぞ、お守りだって譲ってくれたのに、俺、火なんか出しちゃって」

遥の目に再び涙の粒がうるうる盛り上がるのを見て、知彦は慌てて言葉を挟んだ。

「大丈夫！　あ、いや、僕はそっち方面のプロじゃないから偉そうなことは言えないけど、徹底的に燃えたわけじゃないから、何とかなるんじゃないかな。……そんな大事なオーブンなら、修理できるといいね」

遥の顔を覗き込む知彦に、遥は両手で涙を拭きながら頷く。まるで子供のような幼い仕草に、知彦はつい、遥の頭を撫でていた。

「！」

さすがに驚いた顔で、遥は顔を上げる。

「わっ！　ご、ごめん。ぼ、僕、何しちゃってんだろ」

知彦自身もビックリして、思わず半歩飛び退る。そんな知彦の狼狽ぶりに目をパチクリさせた遥は、次の瞬間、小さく噴き出した。

「ぷっ。深谷さんて面白いな」

「お……面白いって、そりゃないよ」

まさに、今泣いたカラスがもう笑うを地でいく遥を、知彦は呆気にとられて見ているばかりだ。遥はまだ笑いながら、それでも照れくさそうに謝った。

「ていうか、俺こそごめん。あんまりガキっぽすぎて、頭撫でたくもなるよな。さっきもピーピー泣いちゃったりしたし。二十二にもなって、恥ずかしいよ」

「遥君、二十二歳なんだ。せいぜい二十歳くらいかなって思ってた」

「小さい頃から、ホントの年より上に見られたことない。……深谷さんは？」

「二十七。ちょっと年上だな」

「ホントだ。じゃあ、俺、敬語とか使ったほうがいいのかな。得意じゃないけど」

この期に及んで畏《かしこ》まる遥に、今度は知彦が笑って片手を振る番だった。

「いいよ、そんなの。タメ口でいい。最初は一言も話してくれなかった遥君が、こんなに喋ってくれるようになっただけで凄く嬉しいんだから」

知彦としては素直な気持ちを口にしただけだったのだが、遥は申し訳なさそうに小さな肩を縮こめた。

「それも……ごめん。俺、昔から人見知り酷くて。あんたとか、近所の人とか……みんなが優しくしてくれて、何とか店やれてるけど、余所《よそ》だったら無理だったと思う」

「それは……まあ、確かに。でも、遥君、ずいぶん頑張ったじゃないか。大家さんがこないだ、褒めてた。挨拶できるようになったし、コッペパンも美味しくなってるって」

「ホント？」

ことコッペパンの話になると、遥の瞳は輝きを増す。よほど好きなのだろう。

「ああ、僕もそう思う。パン好きだし、毎日食べてるから確かだよ。最初から旨かったけど、最近ますます焼き上がりにばらつきがなくなってきた気がする」

「そっか……。嬉しいな。自分じゃ毎日店をやるだけでいっぱいいっぱいだけど、ちゃんと進歩してるんだ」

心底嬉しそうにそう言った遥の手当を終え、知彦は労るように訊ねた。

「さ、これでひとまず大丈夫だと思うよ。他に痛いところはないか?」

「大丈夫。……ありがと」

「どういたしまして。たいしたことない怪我ばっかりでよかったよ」

軽く受け流した知彦は、救急箱を片付け始める。そんな彼に、遥は小首を傾げて問いかけた。

「そういえば……深谷さんって、毎朝パン買ってってくれるけど、あれ、仕事に行く途中だよな」

「そうだよ」

「でもスーツじゃないし、会社員って感じでもないし。今、処置してくれた手つきよかったし。もしかして、お医者さん?」

「まさか」

プライベートを語るのは初めてだと思いながら、知彦は正直に答えた。

「理学療法士をやってるんだ。患者さんのリハビリの手伝いをする仕事。だから治療はできないけど、一応知識だけは専門学校で仕入れるからさ。手際がいいのは、自分が生傷の絶えない鈍くさい奴だからだと思う」

そう言うと、遥はまだ赤い目を見張った。

「理学療法士なんだ。あ、そっか。それでさっき、ヘロヘロの俺を抱えてここまで連れてきてくれるのとか……」

両腕を脇に差し入れて支える動作を真似してみせる遥に、知彦は笑って頷いた。

「そういう介助系の動きはお手の物だよ。普段の仕事が役に立ってよかった」

「……ホントにありがとな」

遥は、色素の薄い目に感謝の色を湛《たた》えて知彦を見つめてくる。つぶらな瞳を真正面から見返すと、知彦の心臓は意味もなく跳ねた。

「いや……。火事も遥君も大事なくて、本当によかったよ」

(何だ、これは?)

二十七年も生きていれば、それが相手に魅力を感じているときの反応だということはわかる。ただ相手が同性の遥だということに、知彦は酷く戸惑った。

そこへ、遥は畳みかけるように知彦がもっとも気付いてほしくなかったことに関する質問を投げかけてくる。

「それにしても、どうしてオーブンが火を噴いたとき、深谷さんが来てくれたの？　助かったけど、凄いジャストタイミングだった」

「うっ。そ、それは、偶然通りかかったときに君の声が……」

別段、偶然だと主張しても怪しまれはしないだろう。それはわかっていたが、遥に嘘をつくのはつらかった。

（嫌われたくないけど……嫌われるようなことをしてたのは俺だし）

そう腹を括り、知彦は居住まいを正すと、遥に深々と頭を下げた。

「申し訳ないっ」

「へ？」

遥はキョトンとしつつ、知彦がいきなり正座したので、わけがわからないままにそれに倣う。お互い、座敷の片隅で正座して向かい合うという奇妙な体勢で、知彦は自分の悪行を告白した。

「実は、仕事帰りにいつもここに来て、カーテンの隙間から君のこと見てたんだ」

「えっ？」

「あ、いや、変な意味じゃないよ。そんなに長い時間でもない。ただ、君がパン生地をこねたり切ったりするのを見てた」

「どうして……そんなことを？」

「こんなこと言うのは変だけど、君の横顔が真剣そのものでさ。ここにも、仕事を一生懸命頑張ってる奴がいるんだなって勝手に仲間扱いして、心強くなってた」

「仲間……扱い……」

「厚かましい妄想でゴメン。でも僕は、パン作りに熱中する君に励まされてたんだ」

「そう、だったんだ」

呆然としている遥に、知彦は思わず自分の膝頭をギュッと握りしめる。遥に幻滅されたと思うと、鋭い針で突かれたように胸が痛んだ。

「不気味だよな、そんなことされちゃ」

だが遥は、頭が外れるほど勢いよく、ブンブンと首を横に振った。それを遥の優しさだと思った知彦は、感謝の言葉を口にした。

「ありがとう。気を遣わなくていいよ。気を悪くされて当然なんだから。今回はたまたま覗きが役に立ったけど、僕が君に失礼なことをしていた事実は変わらない。……今さら謝っても意味はないだろうけど、反省してる」

「……な、こと、ない」

「え？」

「そんなこと、ない」

最初は蚊の鳴くような声で、けれど二度目はハッキリと、遥はそう言った。窮地を救ってくれた自分に遠慮しているのだろうと知彦は思ったが、遥はそのまま強い口調でこう続けた。

「俺、ひとりぼっちで頑張ってるってずっと思ってたから。見ててくれる人がいたんだってわかって、今、嬉しかった」

「嬉しかった？　マジで？」

驚くばかりの知彦の前で、まだ少年の面影を残した遥の顔が、こっくりと上下する。

「深谷さんじゃなきゃ、キモイって思ったかもだけど。でも深谷さんはいい人……だから。

たぶん」

「たぶん、か」

ちょっと残念な最後の一言が、かえって遥が本心を語っていると教えてくれているようで、知彦の顔に安堵の笑みが浮かぶ。

「だ、だって、俺まだ、あんたのことあんま知らないから。でも、さっき助けてくれたし、毎朝、来てくれると嬉しいし」

「ありがとう。君に嫌われるだろうって覚悟してたから、今、凄くホッとしてる」

「……大袈裟だよ」

まだ正座のまま、遥は照れて横を向く。その尖った唇を何の気なしに見ながら、知彦は躊躇いがちに問いかけた。

「そういえば……僕にも不思議に思ってることがあるんだけど、訊いてもいいかな」

「……何？」

知彦の改まった口調に、遥は不思議そうに視線を戻す。知彦は、遥の顔に血の気が戻っているのを確かめてから問いかけた。

「さっき、遥君、物凄く怯えてただろ？」

「！」

「やたら反応が過敏だったから気になってさ。何か……原因があるのかなって。あ、いや、これは好奇心から訊いただけだし、答えたくなければ別に……」

「ううん」

一瞬ギクッとした遥は、溜め息をつくと、思いの外素直に告白を始めた。

「俺、火が駄目なんだ」

「駄目？」

「怖いんだ。だから、マッチもライターも使えない。オーブンは、直接火を見なくていいから、何とかなってるけど」

淡々と語られる遥の話に、知彦は今一つ話が飲み込めないまま耳を傾ける。

「火が怖い……？　また、どうして」

遥の視線は、縁側のほうを見た。掃き出し窓の向こうは、今は暗くて見えないがおそらく庭だろう。

「まだ五歳くらいの頃、祖母ちゃんの家……ここに遊びに来て、祖母ちゃんと兄ちゃんと三人で庭の落ち葉を集めて、たき火をしたんだ。で、祖母ちゃんがサツマイモを取りに家に戻ったとき、俺、火に近づきすぎたんだろうな。服に火が燃え移って、着てたシャツとかセーターが、めらめら燃え上がったんだ。物凄く熱くて怖かった」

「ああ……なるほど。それがトラウマになったんだね」

それで火を見ただけであの怯えようかと、知彦はようやく腑《ふ》に落ちる。

「うん。祖母ちゃんが用意してたバケツの水を、兄ちゃんが俺の頭からぶっかけて火を消してくれたから、お腹をちょっと火傷しただけで済んだけど……でも、マジで死ぬかと思った。さっき、オーブンが火を噴いたとき、そのときのこと思い出して」

「なるほど……。やっと理解できたよ」

「ホントごめんな、ビックリさせちゃって。少しずつマシにはなってきてるんだけど、でもあんだけ不意に、至近距離で火が出たら、もう駄目でさ」

「わかるよ。小さい頃にそんなに怖い思いをしたら、火に対する恐怖が心に刻みつけられてしまってても不思議じゃない」

「……深谷さんが来てくれなかったら、俺、何もできないままできっと大火事になってた。祖母ちゃんが遺《のこ》してくれた大事な家も、下手したら近所の人たちの家も燃やしちゃって、俺、焼け死んで、他の人も危ない目に遭わせちゃったかもだし、それに……」

あのまま火が燃え広がっていたら……と想像しただけで、炎に対する恐怖が甦《よみがえ》ってしまったらしい。遥はみるみる青ざめ、両手で自分を抱く。知彦は、慌てて話題を変えた。

「だけど、今回は僕がたまたまいて、何とかなった。結果オーライってことで、これを機に調理器具のメンテナンスをちゃんとすればいい。災い転じて何とやら、だよ」

「……う、うん」

「それよりさ、遥君、晩飯食った？」

わざと楽天的な口調で問いかけると、遥はもそもそと首を横に振った。とにかく、今は遥に気分転換をさせることが大事だと考え、知彦は外を指してみせた。

「台所があれじゃ、飯の支度もできないだろ。僕んちで飯食わないか？　もう時間も遅いし、うどん程度だけど」

「え？　でも、そこまでしてもらったら悪いよ……あっ」

遠慮しようとした遥は、絶妙すぎるタイミングで空腹を主張した自分の腹を押さえ、決まり悪そうな顔をした。知彦は笑って立ち上がる。

「いいよ、ついでだし。それに……君のお祖母さんには、よくご馳走《ちそう》になったからね」

「それってもしかして、里芋煮っ転がした奴？　ほくほくで、醤油《しょうゆ》がきいてて」

知彦は笑って頷く。

「そうそう。それだけで飯がいっぱい食べられる、ありがたいおかずだった」

「それ、祖母ちゃんの得意料理だった。よく食べたなあ」

懐かしそうに遥は言う。知彦は、まだ座り込んだままの遥に手を差し出した。

「だから、お孫さんの君に、ささやかな恩返し……と、覗きのお詫び」

「んなこと、もう気にしなくていいってば」

知彦の手は、いつも患者の介助をしているときの無意識の癖だったのだが、遥もごく自然にその手に掴まって立ち上がった。

「あ」

「……あ」

男二人で手を握り合っているといういささか奇妙な状態に、知彦と遥は同時に気付き、パッと手を離す。

「ま……まだふらつくことがあるかもだから、気をつけて」

「う、うん」

照れくさいような気まずいような気分を振り払うように、知彦はことさら理学療法士らしい発言をする。遥も、恥ずかしそうに頷き、茶の間を出て行く知彦を追いかけた。


「ホントに近いんだ」

知彦の家に初めてやってきた遥は、呆れ口調でそう言った。

「三十歩くらいかな。さ、どうぞ。あばら屋だけど……なんて、お隣に住んでる大家さんに聞かれたら怒られるか」

知彦はおどけた口調でそう言い、木戸を開けた。玄関の引き戸は今どき真鍮《しんちゅう》のクラシックな鍵で、解錠にはコツが要《い》る。

「お邪魔、します」

知彦について家に入った遥は、小さな玄関や、天井から下がるぼんぼりのような丸い灯りを興味深そうに見回した。

「祖母ちゃんちは元駄菓子屋だからあんな感じだけど、この辺りの普通の家ってこういう玄関なんだ？」

「たぶん。僕の祖母は物心ついた頃にはもうマンションに住んでたから、こういう家って僕は初めてなんだ。それなのに懐かしい気がするよ。変だけど」

「イメージの中の田舎って奴？」

「そうそう。バーチャル故郷。この家、気に入ってるよ。何もかも古いし、夏は暑くて冬は寒いけど、コンパクトでいい」

玄関のすぐ横がトイレ、奥が小さな台所つきの茶の間と風呂場、そして二階は寝室として使っている和室が一間。いわゆる単身向けマンションに似た間取りと広さだが、ごく小さな庭がついている。

茶の間に通された遥は、ちゃぶ台の前に座ってニッコリした。

「このへんはうちと似てる。匂いも同じ」

「はは、古い家の匂いって奴かな。楽にしてて。先にお茶でも煎れようか？」

「ううん、いい」

座布団の上にちょこんと胡座を掻いた遥がかぶりを振ったので、知彦は冷蔵庫からうどんを出して、夜食作りに取りかかった。

茶の間と台所の間には、低い水屋が間仕切り代わりに置かれているだけだ。互いの姿が見えているので、会話には何の支障もない。

「自炊？」

短く問いかけてくる遥の視線を感じつつ、知彦は鍋《なべ》に水を張って火に掛け、出汁《だし》パックを放り込んだ。

「基本的に自炊だよ。そのほうが安くつくし、料理は好きなんだ」

「ふうん。……いいな」

心底羨ましそうな口調に、窓際のコップで育てている細い葱《ねぎ》を摘みながら、知彦は不思議に思って問いかける。

「いいなって、遥君だって料理はできるだろ？　パン職人なんだし」

「コッペパン職人だよ。それも超駆け出し。それに俺、マジで料理は得意じゃないんだ。だって……その、さっき言ったみたいに、火、怖いし」

「あ、そうか。ガスコンロの火も、見えたら嫌だよな。ごめん」

知彦は慌てて、コンロの真ん前に移動した。遥から炎が見えないように、自分の身体で遮ってやる。

「こんだけ離れてたら大丈夫だよ。ありがと、気を遣ってくれて。……結構不自由なんだ。お湯湧かすのも卵茹《ゆ》でるのも、電気ケトルで何とかしてる。ＩＨ調理器とか買えばいいんだろうけど……」

「茹で卵ってのは、コッペパン用の？」

「そう、茹で卵にマヨネーズ混ぜた奴」

「フィリングは、もう増やさないの？　僕は自分であれこれ挟んでるけど、何と合わせても遥君のコッペパンは美味しいよ」

振り返らないまま知彦がそう言うと、すぐに弾んだ声が返ってきた。

「うん、他のお客さんもそう言ってくれる。ポテサラとか、コロッケとか、焼きそばとか、色々挟んで食べてるって」

「焼きそばパンか。それもいいな」

「俺だってもっと増やしたいけど、今は余裕がなくて」

「ゆっくりでいいさ。無理せずに、長く続けられたほうがいい。……僕は、あの三種類ならピーナツバターがいちばん好きだな」

「知ってる。リピ率いちばん高いもん」

「えっ？　お客さんの注文、全部覚えてるのか？」

さすがに驚いて振り返ると、遥は恥ずかしそうにかぶりを振った。

「ううん、全員じゃない。深谷さんだけ」

「僕だけ？」

「だって、毎朝来てくれるし……俺の最初のお客さんだし」

知彦はビックリして問い返した。

「最初？　ホントに？」

「そう。店開けて、最初に来てくれたのが深谷さんだった。俺、お客さんだって思った瞬間から、心臓が破けそうにドキドキしてて、何やってんだかわかんないくらい緊張して、もう滅茶苦茶だったんじゃないかな」

遥と出会った朝の一連の出来事を思い出し、知彦は深く納得して手を打った。

「あー、あーあーあーあーあー、なるほど」

「あーが多いッ。何だよ、その反応」

知彦は、思わずにやついてしまう口元を片手で隠しながら言い訳する。

「ごめん、いやさ、あの朝、遥君はつくづく鬼のような顔をしてたなあって」

「……ッ。だ、だ、だから！　そのくらい緊張してたんだってば」

「うん。今ならわかるよ。一生懸命、やってくれてたんだよな」

「うん。それは確か。もう必死だった、俺」

「嬉しい……というか、何だか光栄だよ。遥君のお客さん第一号になれてさ」

「そんなの大袈裟だって」

クスッと笑う遥に、知彦はムキになって言い返す。

「大袈裟じゃないよ。だって、世界でただひとりに与えられる称号じゃないか。僕だって、初めて担当した患者さんのことはハッキリ覚えてるよ。プロになって最初のお客さんってのは、やっぱりちょっと特別な存在じゃないか？」

「それは、確かにそうだよな。ちょっとどころか、すっごく特別」

「だろ？　あの朝、僕が家を出るのが五分遅かったら、ご近所の誰かが先に店に来て、お客第一号になってたかもしれない」

「そりゃ、そうだけど」

「で、他の誰かが最初のお客さんになって、遥君の記憶にいつまでも残ることになっちゃって……。僕のことなんか、遥君は気にも留めなかったんじゃないかと思うと……」

「それはない！」

「え？」

急に強い調子で否定してくれた遥を、知彦は思わずまじまじと見つめる。赤い顔をした遥は、早口で言った。

「ないよ。深谷さん、自分のインパクト、見くびってんじゃない？」

「自分の……インパクト？」

「そうだよ。深谷さん、地味にかっこいいしさ」

「地味にって。それ、褒められてるのか？」

遥は大きく頷く。

「褒めてるよ。声もいいしさ。俺が緊張して固まってても、優しくしてくれたし、笑ってくれたし、話しかけてくれたし……。ホント、黙ってると地味だけど、笑うとすっごくいいよ！」

「も、もういいよ。滅多に褒められないから、そんなに持ち上げられたら恥ずかしくて死にそうになる」

たまに患者や同僚に「男前」と言われることはあっても、それは社交辞令だと思いこんでいる知彦である。女の子のように可愛らしい顔立ちの遥に手放しで褒められては、戸惑いと羞恥で頬が熱くなる。

知彦は、沸き立った鍋から出汁パックを菜箸《さいばし》でつまみ出し、うどんつゆの味付けをするべく、再び遥に背を向けた。それでも遥は、話をやめようとはしない。

「たとえば深谷さんが一番最初のお客さんじゃなくても……二人目でも三人目でも、八十六人目みたいに半端なあたりでも、俺、絶対に深谷さんのこと忘れないよ。俺にとっては、深谷さんは特別なお客さんだもん」

「特別？」

「うん。特別。……だって俺、兄ちゃん以外の人とこんなに喋るの、初めて。もしかしたらさっきの火事未遂のどさくさで、見えない壁を飛び越えちゃった感じ、かも」

「見えない壁……か」

「うん。あ、こんなこと言われて、深谷さんが嫌だとか重たいとかじゃなきゃいいけど」

「そんなことはないよ」

「ホントに？」

不安げに念を押す遥に、知彦はおたまでみりんを量る手は止めずに正直に答える。

「うん。僕も嬉しい。実家から出て来て、こっちじゃ仕事ばかりで……。この家に誰かを呼んだのは、遥君が初めてなんだ」

「じゃあ、深谷さんにとっても、俺が『初めてのお客さん』、なんじゃん？」

「言われてみれば、本当だな。何だ、僕たちはお互いに……」

『初めてのお客さん同士』

顔を合わせないまま、同じ言葉を同時に口にして、二人はあまりのタイミングのよさに笑い出す。

知り合いとか友達とか、そんなありきたりなものではない不思議な関係……いや、絆のようなものを感じて、知彦は不思議な感動と同時に凄まじい気恥ずかしさも覚えた。

どうやら遥も同じだったらしい。クスクス笑いながら、彼は悪戯っぽい口調で言った。

「こっち向いちゃ駄目だよ。何かもう、男二人でこんな話、恥ずかしすぎる。死にそう」

「……同感」

背中を向けていても、遥とのあいだに温かな空気が流れるのを感じる。知彦は、未だかつてない幸福感を味わいながら、それきり黙ってうどんを仕上げた。

そして、具はネギだけのシンプルなうどんをほどなく二つの丼《どんぶり》に盛り分け、振り向いた知彦が見たものは……。

「……しまった」

やけに静かだと思ったら、遥は畳の上にこてんと倒れ込み、眠り込んでしまっていた。

日々の仕事に加え、思いがけないアクシデントに見舞われて、疲労がどっと押し寄せたのだろう。ようやく緊張が解けて、睡魔に襲われたのに違いない。

(泣くと瞼が重たくなって、眠いもんな)

そんなことを思いながら、知彦は盆をちゃぶ台にそっと置き、遥の前に片膝をついた。

気配で目覚めるような浅い眠りなら食事をさせようと思ったのだが、遥は静かな寝息を立て、いっこうに起きる気配がない。

このままでは風邪を引かせてしまうので、知彦は寝室から毛布を持ってきた。

本当は布団に運んでぐっすり休ませてやりたいところだし、遥を抱えるくらい知彦には造作もないことだが、さすがにそれをやると彼も目覚めてしまうだろう。

とにかく今は、このまま眠らせておこう。そう考え、知彦は遥に毛布をかけてやった。

「ん……」

小さな声を漏らして、遥は知彦のほうに寝返りを打つ。無邪気な寝顔に誘われ、知彦は遥の枕元に腰を下ろした。

（せっかく作ったからには、食わないと勿体ないな）

ふと気付いて腕を伸ばし、ちゃぶ台からうどんの丼を取り上げる。

可愛いとはいえ、男の寝顔を眺めながらうどんを食べるというのはどうにもシュール過ぎる光景だ。それでも、いつもはひとりぼっちの家の中に他の誰かがいるという事実だけで、知彦は自分でも滑稽なほど幸せな気持ちになれる。

二人分のうどんをズルズルと食べながら、知彦はただひたすらに遥を見ていた。

こんなに人見知りの激しい人間が、たったひとりで店をやるのは、大変な覚悟の要ることだっただろう。

いくら近所の人達が温かいといっても、それだけでは孤独は埋まらない。ひとりぼっちで早朝からパンを焼き、不器用ながらも懸命に接客をこなし、夜は夜でさらなる改良に勤《いそ》しむ……。そんな日々は、さぞかし緊張の連続だったに違いない。

自分が理学療法士になったばかりの頃を思い出すと、遥の奮闘ぶりが容易に推察され、知彦はいたわるような眼差しを遥に向けた。

(変な成り行きだけど、一足飛びに仲良くなれたな)

何やらむにゃむにゃと寝言を言いながら、遥は片手の甲で頬を擦る。小動物の毛繕《けづくろ》いにも似たそんな仕草に、知彦の頬に笑みが浮かんだ。

そのまま顔の前にパタンと落ちた手には、ほぼすべての指に絆創膏が巻かれている。

「はー……。それにしても、疲れた。さすがに消火活動なんて人生初だから、慌てたよ」

知彦は呟いて、誘われるように遥の傍らに寝ころんだ。手枕をして、すやすや眠る遥を見守る。こんな近くで、しかもじっくりと遥の顔を見るのは初めてのことだ。

人見知りのくせに、遥は相手を真っ直ぐ見る。雄弁で大きな瞳が閉ざされているせいか、遥はとても無防備に見えた。無造作に前髪を下ろした髪型や、丸みの残る頬のせいか、遥の寝顔は幼子のようにあどけない。

目元に乱れかかった髪が気になって、指先でそうっと後ろへ撫でつけてやると、遥は知彦の手に頬を押し当ててくる。

「……あ……」

無意識の仕草と、滑らかな肌の感触と、おそらくは知彦より少し高い体温。

(ショックを受けて、熱が出てるのかも)

心配になって、知彦は遥に顔を近づけた。よく見れば、頬がいつもより赤い気がする。

だが、額に手を当ててみると、心配するほどのことではなさそうだ。

（とにかく、今夜はここで寝たいだけ寝かせて……）

「ん……イースト……よび、はっこう……」

見守る知彦の前で、遥の唇が薄く開いた。どうやら、夢の中でも彼はパン生地を捏ねているらしい。

「……ワーカホリックだな」

苦笑いしつつも、小さく動き続ける遥の唇から、知彦は目が離せない。額から離れた指先は、ひとりでに遥のこめかみから頬をなぞり、唇にたどり着いた。

笑うとえくぼが刻まれる口元に触れると、まるでキスでもねだるように、遥は上唇をちょっと尖らせる。

「…………ッ！」

その瞬間、本当にキスしてみたい衝動にかられている自分に気づき、知彦は奇声を上げそうになるのを必死で堪《こら》え、身を起こした。

「い、今、僕は、何を……」

いくら可愛くても遥は男だし、危なっかしくて放っておけないと思っていても、それは年下の友人としてであって、恋愛とは何の関係もないはずだ。

そう思おうとしても、肋骨《ろっこつ》を突き破って飛び出してきそうなほど激しく拍動する心臓はごまかせない。

（僕は……何を考えて……）

さほど恋愛経験が豊かでない知彦でも、この衝動が何であるかはわかる。だが、今まで一度も同性をそういう意味で魅力的だと思ったことがない彼は、酷く動揺していた。

（今夜は……色んなことが急にあり過ぎて、僕までおかしくなってるみたいだ）

せっかく遥と仲良くなれ、覗きの罪まで快く許してもらえたのに、ここで迂闊なことをして嫌われたのでは元も子もない。

（落ち着こう。ゆっくり休んで頭を冷やせ）

そう自分に言い聞かせ、知彦は後ろ髪を引かれる思いを断ち切り、勢いをつけて立ち上がった。そして、遥から逃げるように、そのまま二階の寝室に向かったのだった。

翌朝、仕事に行くべく知彦が起きてくると、遥はまだ茶の間で眠っていた。

あれこれ悶々と考えてろくに眠れなかった知彦は、しょぼつく目を擦りながら足音を忍ばせて遥の横を通り過ぎた。

雨戸を開けていないので薄暗い中、ちゃぶ台に向かって、遥のためのメモを書く。

フリーザーに冷凍食品があるから、空腹なら好きに食べてくれということ、合い鍵を置いていくので施錠してほしいということ、それから、今日は午前中で仕事が終わるので、午後から火事の後片付けを手伝えること。

簡潔なメモの上に合い鍵を載せ、知彦は家を出た。行きがけに遥屋に立ち寄り、ガラス戸にあらかじめ用意した張り紙を貼る。

「『オープン故障につき、臨時休業』と。これでよし」

幸い、まだ店に客が来た気配はない。

「ふあああ……くそ、眠いな……」

眠い目には、初夏の太陽は朝から眩《まぶ》しい。情けない大あくびをしながら、ほんの少し背中を丸め気味に、知彦は出勤の途についた。


遥がコッペパンの師匠から譲り受けたオーブンは、いったん製造メーカーに修理を断られたものの、事情を聞いた近所の電器店の主人が周囲の町工場に掛け合ってくれ、どうにか修理が適《かな》った。

やはり出火の原因は、部品の老朽化によるガス漏れだったらしい。不良箇所を修理し、焼けた部分を修繕して、鮮やかな赤に塗り直されたオーブンは、まるで生まれ変わったようにぴかぴかになり、誇らしげに新しいラックの上に鎮座した。

消火器の粉だらけになった台所も、知彦が土曜の午後と日曜いっぱいを潰して掃除につきあったので、思ったより早く片付いた。

遥の指の火傷も知彦の処置がよかったので化膿《かのう》せず、スムーズに治った。

そんなわけで、当初思っていたより早く、火事から十日後には台所も遥も元通りになり、店を再開できる運びとなった。

店を休んでいる間、火傷のせいで手がろくに使えない遥を、知彦は毎晩夕食に呼んでやっていた。

聞けば、遥はずっと実家で育ち、一人暮らしはこれが初めてらしい。店を始めてから、食事はずっと自分が焼いたコッペパンと買ってきたおかずで済ませていたと聞き、それならば自分が作る食事のほうがまだマシだろうと知彦は考えたのだ。

最初は遠慮がちだった遥だが、いったん心を許すと、まるで野良犬が飼い主を得たように知彦に懐いた。これまで黙っていた分を取り戻すように、よく喋り、よく笑い、まるで子供のように振る舞う。

そんな遥と一緒にいると、知彦も仕事で疲れた心がとても安らいだ。あの夜に感じた男としての衝動はひとまず胸の内に押し込め、今はただ、遥と他愛ない、けれど愛すべき時間を共に過ごしたい……そんなふうに思ってもいた。

遥にとっても、知彦と過ごす時間は心地よいものであったのだろう。店を再開してからも、二人はどちらかの家で、知彦の作った夕食を共に摂るようになった。

食事の間も、食後にくつろいでいるときも、遥はよく兄の話をした。

両親が共働きだったので、遥にとっては九歳年上の兄が親代わりだったらしい。内気な性格で友達もできず、四六時中兄の後ろを追いかけていた記憶しかないと遥は笑った。

「お兄さんは、遥君に似てるのか？」

知彦が問うと、遥は笑って片手を振りながら否定した。

「全然。顔も似てない。兄ちゃんはもっと男っぽくてかっこいいし、昔から完璧なんだ」

「完璧？」

「完璧なお兄さんで、完璧な生徒で、完璧な息子……で、今は完璧な社会人。きっと近いうちに、完璧な旦那さんで完璧なお父さんにもなるんじゃないかな」

「き、聞くだに凄いな」

「うん。他人に厳しいけど、自分にはもっと厳しいんだよ。……唯一甘いのは、俺にだけ、かな。えへへ」

自慢げにそう言う遥に、知彦はちょっと面白くない気分で言い返した。

「お兄さんが自慢で大好きなんだ」

「そりゃ、たったひとりの兄ちゃんだもん。当たり前だろ？」

「それは……そうだけど」

自分の言葉があまりに子供っぽい嫉妬《しっと》丸出しで、知彦は内心頭を抱える。

（いい加減にしろよ、俺。お兄さんにヤキモチ妬いてどうするんだ）

だがそんな知彦の胸中など知らない遥は、ニコニコして知彦を見た。

「深谷さんは？　兄弟いないの？」

「残念ながら、一人っ子だよ」

「そっか。俺さ、実家出たとき、親には行き先教えたけど、兄ちゃんには黙っててもらう約束したんだ」

「え？　じゃあお兄さんは、遥君が今ここに住んでることを知らないのか？」

「うん。両親には悪いけど、協力してもらってる。……俺さ、生まれてからずーっと兄ちゃんに面倒見てもらって、兄ちゃんの言われたとおりにやってれば間違いないって思い込んでて……」

「うん……？」

小首を傾げながら相づちを打つ知彦に、遥は座布団の上で体育座りして言った。

「でも、それって兄ちゃんに乗っかりすぎだなって思ったんだ。自分のことは自分で決めなきゃ、ちゃんとしなきゃって。でないと兄ちゃん、いつも俺込みでこの先の人生計画を立てそうで……ちょっと怖かったし」

「ああ、それでコッペパン屋をひとりで？」

「うん。そのこと、祖母ちゃんが生きてた頃によく相談に乗ってもらっててさ。だから祖母ちゃんが、俺が好きに使えるようにって、この家を遺してくれた」

「そうだったのか……。でも、だからって何も、お兄さんに居場所まで隠さなくても」

「だって、兄ちゃんのほうにも、俺の面倒を見る癖が染みついちゃっててさ。なっかなか弟離れできない感じだったわけ。だから、思い切って、しばらく会わないことにしたんだ。俺がひとりで立派にやってるとこを見せれば、兄ちゃんも安心して、自分の人生百パーセントで考えられるようになるだろ」

「なるほど。それで遥君は、ひとりで頑張ってるんだな」

遥は元気いっぱいに頷き、それからふと、恥ずかしそうに知彦を上目遣いに見た。

「あ、でも、深谷さんには頼っちゃってるか。……ごめん。勝手なこと言うけど、あんまり俺のこと甘やかさないでね。そういうの慣れてるから、ついナチュラルに甘えちゃいそうだし、俺」

知彦は笑ってかぶりを振る。

「遥君を甘やかしてなんかいないよ。どっちかといえば……うん、遥君に僕が甘やかしてもらってる感じかな」

「俺？　俺、何もしてないじゃん」

「何もしてくれなくてもいいんだよ。遥君がいるだけで僕は楽しいから」

「それ言うなら、俺も。よかった、深谷さんがご近所さんで」

そう言って無邪気に笑う遥に、チリチリと恋心を主張して疼《うず》く胸を宥めつつ、知彦も笑みを返すのだった。


そんな平穏な日々がずっと続くように思えたある日の午後のことだった。

「はい、今日はこれで終了です。いい感じで、成果が出てきてますよ。また明日、頑張りましょうね」

そんな言葉で患者を送り出し、知彦は予約表をチェックした。

「ええと次は……あ、高橋《たかはし》さんか。すいません、ちょっとお迎え、行ってきます」

知彦がそう言うと、先輩の理学療法士は不思議そうな顔をした。

「高橋さん？　ああ、呼吸機能訓練に来てる人。どうして深谷君がお迎え？　病棟ナースが忙しいって？」

「ああいえ、そうじゃなくて、あの人ちょっと口が重いから、迎えに行ってここに戻ってくるまでの間にお喋りしようと思って」

「ああ、コミュニケーション取ろうってことね」

「はい。ここで話すだけじゃ、本心とかモチベーションとか把握しにくいから」

「なるほど〜。深谷君は真面目よねえ。ホント、感心するわ」

「いえ、要領が悪いんで、地道にやるしかないだけですよ。じゃ、行ってきます」

リハビリルームを出た知彦は、整形外科の病棟に向かった。

これから迎えに行く患者は、椎骨のずれで脊髄が圧迫され、呼吸に不可欠な横隔膜の働きが一部失われている。

すでに脊椎を補強する手術を受け、症状の進行は抑えられているが、呼吸には軽い困難を伴い、枕元に酸素マスクを常備しておかなければ不安な状態だ。呼吸機能を訓練によってできるだけ取り戻しておかないと、退院が見込めない。

そういう事情もあり、患者本人は訓練に意欲的だし、知彦にも協力的ではあるものの、感情を内に秘めるタイプだと感じた知彦は、患者と仲良くなりたいと思ったのだ。

「あ、すいませーん」

エレベーターに乗り込み、扉が閉まりかけたとき、ぎりぎりのタイミングで男性が飛び込んできた。

ブルーグレイのツナギにデニムのエプロンを着け、腰には植木ばさみを入れたホルダーを提《さ》げている。両手で大事そうにアレンジメントを抱えているところを見ると、ほぼ間違いなく花屋の店員だろう。

「配達ですか」

知彦が声をかけると、まだ若い男性はもの柔らかな笑顔で頷いた。

「はい。入院患者さんへのお届けもので。ええと、整形外科の病棟は六階でよかったんでしたっけ」

いかにも花屋らしい、柔和な雰囲気の青年に、知彦は好感を持った。

「ええ、僕も行くところです。……あ」

何の気なしに青年を見た知彦は、小さな声を上げた。彼がアレンジメントと一緒に持った伝票には、これから知彦が迎えに行こうとしている患者の名が記されていたのだ。

「高橋さんなら、僕が今からお迎えに行く患者さんです。ご一緒しましょうか」

「あ、ホントですか？　よかった。もうちょっと遅かったら、空っぽの病室で途方に暮れるところだったですね」

「はは、確かに」

二人は和やかに世間話をしながらエレベーターを降りた。知彦はナースステーションで患者のカルテを受け取り、待っていた青年と共に病室に向かう。

「ええと、高橋さんの病室、すぐそこですよ。お花、喜んでくれるといいですね」

そう言いながら、知彦は両手の塞《ふさ》がった花屋の青年のために病室の引き戸を開けてやろうと、先に立って歩いた。

すると、通路の反対側から歩いてきた人物が、病室に入ろうとしている知彦と花屋の青年を見咎め、尖った声を上げた。

「何をしている！　その部屋に入るな！」

突然の怒号に、花屋の青年と知彦は揃ってびくんと足を止める。二人の目の前には、パリッとした白衣を着込んだ男性医師が立っていた。知彦の上司、大野木《おおのぎ》甫《はじめ》だ。

リハビリテーション科は小さな部署で、教授以下、医師は皆、整形外科と兼任である。

整形外科は多忙な部署なので、なかなかリハビリのほうには手が回らない。

そこで一年前、リハビリテーション科専任講師として整形外科から転属してきたのが、この大野木という男だった。

まだ三十を一つ二つ出たばかりの大野木だが、弱小部署とはいえ講師を任されるだけあって、相当頭も腕も切れる。

クールなルックスな上、勤務態度は真面目そのもの、指示や判断はこの上なく的確ときては、イヤミなほどの欠点のなさだ。

当然ながら患者の評判はいいし、本人もたった一年でスタッフの信頼を得、リーダーシップを発揮している。

ただ大野木は、何故か知彦にだけ非常に厳しい。他のスタッフと同じように業務をこなしているはずなのに、注意を受けるのも、小言を食らうのも、ずば抜けて知彦が多い。

最初のうちは気のせいかと思っていた知彦だが、そのうち他のスタッフに「深谷君、大野木先生に何か失礼なこと言ったの？」と心配されるに至って、それが思い込みなどではないと悟った。

とはいえ、彼が知彦に腹を立てる理由など何一つ思い当たらない以上、これはもう、よく言えば相性が悪い、悪く言えば虫が好かないと思われているに違いないと、この一年で知彦は半ば諦めの心境に至っていた。

「大野木先生、どうなさったんですか？」

あまりにやることなすことを咎められるので、知彦はついげんなりした口調と表情で問いかけてしまった。すると大野木は、知彦ではなく、花屋の青年が抱えているアレンジメントをビシッと指さした。

「そのアレンジメントから突き出しているのは、カモガヤ……イネの一種だろう」

その指摘に、花屋の青年は感心した顔つきで頷いた。

「よくご存じですねえ。これは少し小振りな種類なんですけど、この時期、穂を出してとっても涼しげなので、使ってみたんです」

「穂……よりにもよって開花寸前のイネとは、余計なものを」

そのあまりの言いように、知彦は思わず花屋の青年を庇《かば》った。

「余計なものって……。いったい何だって、そんなこと仰るんですか」

すると大野木は、知彦が抱えていたカルテを指さした。

「お前の目は節穴か。カルテを見てみろ」

「え？」

訝しみつつも、知彦は言われるがままにカルテの最初のページを開き……そして、あっと声を上げた。

既往症の欄に、アレンジメントを届けようとしていた患者が、かつてイネ花粉が原因で喘息《ぜんそく》発作を起こしたことが明記されていたのだ。

大野木は、小馬鹿にしたように横を向いて嘆息した。

「まったく、呼吸機能に問題を抱えた患者の病室に、担当の理学療法士がみすみすアレルゲンを持ち込ませようとするとはな」

「す……すいません。僕、うっかり見落としていて」

「患者が喘息発作を起こしてからでは、うっかりでは済まんぞ。だいたい……」

「あ……あの、つまりこのカモガヤが、先様の花粉症の元だったわけですか。すみません。知らなかったもので、つい。僕が迂闊でした。申し訳ありません」

知彦が叱責されていることに責任を感じたのだろう、人の良さそうな花屋の青年は、二人の会話を遮って大野木に謝罪する。

医療スタッフでない彼が、患者の花粉症のことなど知らないのは当然なのだが、大野木は鬱陶しそうに鼻筋に皺を寄せ、つけつけと言った。

「まったくだ。イネやブタクサといったアレルゲンになる可能性の高い植物は、病人用のアレンジメントからは除くべきだな。以後、注意したまえ。……わかったら、とっととそれを持って、ここから出て行ってくれ」

「は、はいっ。カモガヤを抜いて作り直してきます……！」

厳しい叱責に、哀れな花屋はアレンジメントを抱え、逃げるようにフロアを去る。

気の毒そうにその背中を見送った知彦は、刺すような視線に気づいて大野木に向き直った。大野木は、メタルフレームのメガネを指先で押し上げ、切れ長の鋭い目でジロリと知彦を睨んでいる。

「あの、すみませんでした」

とりあえず改めて謝った知彦に、大野木は低い声で短く問いかけてきた。

「深谷。お前、理学療法士にとっていちばん大事なことは何だと思う」

「えっ？」

突然の質問に面食らいつつも、知彦は真面目に答える。

「専門学校時代、校長先生に言われました。『患者さんの苦しみを、我がことのように感じられる理学療法士になりなさい』と」

「なるほど。それは立派な教えだ。ただし、お前のようにそれを勘違いする教え子がいては、台無しだがな」

　冷ややかな物言いに、知彦は少しムッとして言い返す。

「勘違いって、どういうことですか？」

「言葉のとおりだ。『患者の苦しみを我がことのように感じられる』とは、患者の状態を正確に見極め、みずからの身体であるかのように把握するという意味だ。違うか」

「……いえ。違いません」

「だがお前が実践しているのは、理解からはほど遠い。ただの感情移入だ」

「そんな……ことは」

「ないとは言わせん。この前も、無茶な頑張りをする患者につられて一緒になって熱を上げ、挙げ句の果てに関節炎を起こさせてしまっただろう」

「それは……重々反省しています」

「その後に生かせない反省など、しても意味がない。お前にとってはちょっとした不注意でも、それが患者の命にかかわる可能性があるんだぞ」

「はい。本当にすみませんでした」

　大野木の言葉は辛辣《しんらつ》だが、全くの正論だ。彼はいつも正しいことしか言わず、知彦に反論を許さない。

「お前が仕事熱心なのはわかってる。だが、分をわきまえろ。すべきことを完璧にこなせるようになるまでは、余計なことに手を出すな」

「…………」

「返事は」

「わかりましたっ。肝に銘じます」

遠巻きに見守る同僚や患者たちの気の毒そうな視線を全身で感じながら、知彦は深々と大野木に頭を下げるしかなかった。


「……くそ。ケンカのときは、相手に逃げ道を残してあげなさいって、子供の頃に習わなかったのかよ」

その夜、仕事の帰りに遥の家に寄り、茶の間のちゃぶ台に作りたての料理を並べながら、知彦は思わずそんな悪態をついた。

無論、今回も悪いのは自分だとわかっているが、ああも完膚無きまでに叱責されては、いくら温厚な知彦でも鬱憤が溜まる。

「だいたい、何で僕だけ……」

「何が、僕だけ？」

「！」

いつの間にか、茶の間に来ていたらしい。背後に、面白そうな顔をした遥が立っていた。

知彦が夕食を作る間に入浴を済ませ、Tシャツとジャージ姿だ。いつもはフワフワの髪も、まだ湿っていて大人しい。

「いや……ごめん。不気味な独り言言ってて。ちょっと今日、上司に叱られてさ」

「あー、前に言ってた、深谷さんだけに厳しい意地悪なお医者さん？」

「そう。確かに僕が悪いんだけど……」

昼間の事件のことを遥に打ち明け、知彦は溜め息をついた。

「患者さんが喘息発作を起こさずに済んだのも、その先生のおかげだから、感謝しなきゃいけないんだけどね。それにしたって、花屋さんが気の毒だよ」

遥はちゃぶ台の上から唐揚げをつまみ食いしながら、面白そうにそんなことを言う。

「確かに。でもさ、深谷さんみたく癖のない人でも、気の合わない相手っているんだね」

「気が合わないっていうか、一方的に嫌われてる感じだよ。まあ、苦手なタイプではあるか……。とにかく、ご飯にしよう」

「うん。俺もう超ハラヘリ」

遥はさっそくちゃぶ台の前に座る。

「先に食べてていいよ。今、味噌汁を……」

ドンドン！

不意に、知彦の言葉を遮り、店のほうから大きな音が聞こえた。誰かがガラス戸を叩いているようだ。

「誰だろう。急にコッペパンが食べたくなった人がいるのかな。僕が出ようか？」

知彦はそう言ったが、遥は残念そうに箸を置き、立ち上がった。

「いいよ、俺出る。今日の分は全部売れちゃったし、断るしかないもん」

ずいぶん接客にも慣れたものだと感心しつつ、知彦はそのまま味噌汁をよそい、ご飯を茶碗に盛った。

だが、なかなか遥が戻ってこない上、店のほうから男の剣呑《けんのん》そうな声が聞こえてくる。心配になって、知彦は席を立った。

廊下に出ると、遥と男の声がハッキリ聞こえる。

『まさか、俺に隠れて祖母ちゃんの家に暮らしていたばかりか、こんな陳腐《ちんぷ》な店をやっていたとはな。お前の居場所を知るために、母さんに口を割らせるのは大変だったんだぞ』

『陳腐って何だよ！　俺は、俺がホントにやりたいことをやってんの。兄ちゃんにそんなこと言われる覚えはないよ』

『何を言ってる。コッペパン屋だと？　それが、医大を中退してまでする値打ちのあることか！』

(兄ちゃん？　まさか、遥君のお兄さんが、居場所を知って訪ねて来たのか)

そんなところに自分が顔を出すのはどうかと躊躇ったが、二人の語調があまりにも激しいので、知彦は遠慮がちに台所から暖簾を潜り、店に出た。

「あの……ッ!?」

声をかけようと訪問者の顔を見て、知彦は信じられない思いで硬直する。遥を厳しく詰《なじ》っていたスーツ姿の男は、あろうことか知彦の上司、大野木甫だったのだ。

「お、大野木、先生……？」

「深谷!?　何だってお前がこんなところにいるんだ」

大野木も、突然現れた知彦に、眼鏡の奥の目を見張る。遥は、キョトンとして二人の顔を見比べた。

「えっ？　二人とも知り合い？　っていうか……あっ、まさか、深谷さんと相性の悪い意地悪な上司って、兄ちゃんのこと!?」

それには答えず、一足早く我に返った大野木は、無意識の癖なのか、ずれてもいないメガネを押し上げながら言った。

「意地悪な上司……か。ふん。遥が今言っていた、親切な近所に住む友人というのがお前だったとはな、深谷。弟が世話になったと礼を言うべきか？」

「あ……いえ、その」

ろくに返事もできず、狼狽しつつも、知彦は遥に歩み寄った。

遥はそんな知彦に寄り添うと、頭半分高い大野木の顔をキッと睨みつけた。

「俺、これまでは兄ちゃんの言うこと、何でも聞いてきた。兄ちゃんは絶対正しいんだって思い込んでたからだ」

大野木も、知彦を叱責するときと同じ険しい顔で言い返す。

「俺は常に正しい、最高の選択肢をお前に提示してきたつもりだ。医大に進むのも、その一つだった。医師免許を持っていれば、食いっぱぐれはないからな」

「そう言われて、その通りだと思って一生懸命勉強して、医大に入ったよ。けど、やっぱそれってておかしいって気がついたんだ。人が選んでくれた道じゃなくて、自分でやりたいことをやるべきだって。だから、大学を中退して、家も出て、パン屋で住み込みの見習いになった。……で、今、こうしてコッペパンの店をやってるんだ」

(遥君……医大生だったんだ)

「何を甘いことを言ってる。だいたい、こんな下町でコッペパンを作って売るなんていう仕事が、お前のやりたいことか！」

「そうだよ！」

「くだらん。お前は、単に遅すぎる反抗期を迎えただけだ。俺に逆らって、つまらない寄り道をしているだけだろう」

いつの間にか、知彦のTシャツの裾を摑んだ遥の手に、ギュッと力がこもる。大野木のあまりの言いように、知彦は思わず口を出した。

「先生、それは酷いです。遥君は、本当に一生懸命やってます。最初は確かに色々大変そうでしたけど、今は近所の人にも愛されるお店に……」

「そんなことはどうでもいい。お前は黙ってろ、深谷。これは兄弟の問題だ」

「……ッ」

そう言われては、知彦は口を噤むしかない。唇を嚙んで俯いた知彦の代わりに、遥が兄に食って掛かった。

「どうでもいいって、どういうことだよ！　俺、店をやるようになって初めて、ちゃんと生きてるって気がしてる。初めて自分で考えて、自分で材料仕入れて、自分でパン焼いて、自分で売って……」

弟の熱弁に、兄は両腕を広げて気障《きざ》に肩を竦めてみせた。

「それが何だ？　コッペパンが社会で何の役に立つ？　無価値なものに躍起になって、何の得になるというんだ」

「何って……」

「父さんや母さんは、お前ももう大人だからと呑気に構えているが、お前が大人なんかであるものか。一度、実家に帰れ。そこできちんと話を」

「俺は大人だよッ。……今はまだ中途半端な大人かもしれないけど、ちゃんとした大人になれるように頑張ってるとこなんだ。だから……帰らない」

遥はちぎれるほど強く知彦のTシャツを握りしめて言い張る。だがその声は、可哀想《かわいそう》なほど震えていた。

「遥君……」

知彦は、遥が泣き出すのではないかと思った。だが、ぐっと涙を堪えた遥は、潤んだ目で兄を見据えた。

「兄ちゃん、コッペパンって聞いて何も覚えてない？　俺がどうしてコッペパン屋になりたかったか……全然わかんないのか？」

大野木は不愉快そうに眉をひそめた。

「そんなことは皆目わから……！」

だが、弟のひたむきな瞳に、遠い記憶が甦ったらしい。大野木は愕然とした顔で弟を見返す。

「お前……遥、まさか、コッペパンって」

遥は頷き、懐かしそうに言った。

「そうだよ。兄ちゃん小学生の頃、いつもチビだった俺のために、給食のコッペパンを半分残して持って帰ってくれただろ？　苺ジャムもマーガリンもピーナツバターも、手を着けずに俺のために……」

（ああ……。それで、「遥屋」のフィリングに、苺ジャムとピーナツバターがあるのか）

知彦はなすすべもなく、兄弟の顔を見比べた。職場では氷のようなポーカーフェイスを崩さない大野木が、明らかに動揺して立ち尽くしている。遥はそんな兄を、優しい、けれど悲しそうな目で見つめて言葉を継いだ。

「俺がコッペパンを食べて美味しいって言うと、兄ちゃん、そうかって凄く嬉しそうな顔してくれて……それを見て、俺も嬉しかった。俺の大事な思い出だよ」

「遥……」

「俺がいちばん好きな食べ物は、兄ちゃんがくれたコッペパンなんだ。ホントは兄ちゃんもお腹減ってて、全部食べたかったに決まってるのに。でも俺が喜ぶから、兄ちゃん、いつも半分で我慢してさ。……俺にとってのコッペパンは、そういう兄ちゃんの優しさが詰まった食べ物なんだよ」

「…………」

困惑して言葉に詰まる大野木に、遥は静かに言った。

「小さかった俺みたく、俺の焼いたコッペパンで、お客さんがみんな幸せな気持ちになってくれたらいい。ニコニコしてくれたらいい。それが今、俺がやりたいことなんだ」

「……お前が今こうなったのは、俺のせいだと、そういうことか？」

「そうじゃなくて！　そうじゃなくて……わかってよ、兄ちゃん。俺、兄ちゃんに頼らずに、自分のことは自分で決めて生きてみたい。兄ちゃんも……いつも俺が一番じゃなくて、もう自分のことを一番大事に考えてよ。でないと俺……」

「勝手なことを言うな。今さら……！」

押し殺した声で、大野木は呻くように言った。その両の拳《こぶし》は、潰れるほど硬く握りしめられている。

（こんなに取り乱す大野木先生……僕は見たことがない）

知彦は、信じられない思いで大野木を凝視している。常に冷静沈着だった彼が見せる動揺は、そっくりそのまま弟への愛情と執着なのだろう。

俯いて、大野木は力なく吐き捨てた。

「お前はそうして、俺を捨てるのか。それがお前の望みなのか、遥」

「そうじゃないよ！」

遥は泣きそうな顔で知彦から離れ、兄に駆け寄る。遥に背中を見せられると、まるで彼が兄を選び自分を捨てたような気がして、知彦の胸はズキリと痛んだ。だが遥は、大野木の腕に触れ、祈るような口調で言った。

「わかってよ、兄ちゃん。……俺、兄ちゃんのことはずうっと好きだよ。でも今は、ひとりでやってみたいんだ。今そうしないと、この先ずっと駄目な気がするんだ」

「遥……」

「俺、ずっと頼りなかったから、信じられないと思う。でも、もう少しだけ、時間がほしい。俺、頑張るから。見ててほしいんだ」

しばらく無言で弟を見つめていた大野木は、やがて複雑な表情で溜め息をついた。

「お前は昔から、言い出したらきかなかった。今はこれ以上言っても無駄だな」

「兄ちゃん……それじゃあ」

「馬鹿者。まだ認めたわけではない。お前の本気とやらをこの目で見極めるだけだ。だが、二度と俺に黙って姿を消したりするな」

「わ……わかった」

「今夜のところは帰る。……夜はまだ肌寒いんだ、そんな薄着でウロウロするな」

そう言い捨てて、大野木は遥に背を向けた。だが、そのまま出て行こうとして、ふと振り返り、知彦を睨みつける。そのいつにもまして鋭い視線には、これまではなかった敵意

のようなものが感じられた。

「深谷」

「は……はいッ」

知彦は思わず直立不動になる。大野木は、弟に対するときとはまったく違う、氷のように冷えた声で言った。

「お前はどういうつもりで弟の傍をうろついているんだ。甘え上手のこいつに乗せられて、俺の代理のつもりか？　それとも、お前お得意の、安い感情移入とやらか？」

「そんな……！」

「兄ちゃん！　深谷さんに失礼だよっ」

さすがに知彦もムッとして言い返そうとし、遥も尖った声を上げる。だが大野木は荒々しく吐き捨てた。

「いずれにしても、生半可な気持ちで弟を煽《あお》ったり構ったりするのだけはやめてくれ。いいな？」

そして、知彦の返事を待たず大股に外に出ると、後ろ手でピシャリとガラス戸を閉める。

突然訪れた静寂の中に、知彦と遥だけが残された。

「あの……ごめん、気にしないでね、深谷さん。兄ちゃん、八つ当たりしただけで」

気を取り直した遥は、ことさらに明るい声でそう言ったが、知彦はそれに応えることができなかった。

大野木は、知彦の遥に対する思いなど知らず、おそらくは本当に八つ当たりであんなことを言ったのだろう。しかし彼の言葉は、予想外の破壊力を持って、知彦の心を抉《えぐ》った。

遥が慕ってくれるのをいいことに、よこしまな恋慕の情には蓋《ふた》をして、頼れる年上の友人としてしれっと彼の傍にいた……そんな自分の醜さを突きつけられたようで、知彦は打ちのめされていたのだ。

「……深谷さん？」

自分の顔を覗き込む遥の瞳にすら責められている気がして、知彦は遥から目をそらし、どうにか一言を絞り出した。

「ごめん、遥君」

「え？　何で深谷さんが謝るのさ？」

「いつか遥君は言ってたよな。お兄さんからは独立したけど、僕には頼ってるって」

「え？　あ、う、うん……？」

「僕はそれが嬉しかった。遥君が、僕の傍で笑ったり喋ったりしてるのを見るのが凄く好きだ。君が僕を頼りにしてくれるのが誇らしい。……でも、僕は本当は、君の保護者になりたいわけでも、お兄さんの代わりになりたいわけでもないんだ」

遥は、強引に知彦と視線を合わせ、困り顔で言った。

「そんなのわかってるよ。俺だって、深谷さんをそんな風に思ってるわけじゃ……」

「友達でいたいわけでもない！」

「……えっ……？」

もう、ここまで言ってしまっては、本当の気持ちを告げるしかない。知彦は、半ばヤケクソの思いで、叩きつけるように言った。

「僕は、遥君が好きだ。初めて君が僕の家に来た、あの火事の夜……。あのとき、眠る君にキスしたいと思った。そういう、好きなんだ」

「う……そ……」

遥の目がいっぱいに見開かれ、唇が小さな呟きを吐き出す。嫌われたと思うと胸が切り裂かれる思いだったが、知彦は自分に触れようと伸ばしかけた遥の手が虚空で固まっているのを悲しく見つめ、泣きたい気持ちをこらえて微笑んだ。

「本当だよ。下心を持って、君の傍にいた。別に告白できなくても、君を見ていられればいい、君に頼ってもらえればいい、そう思っていた。けれど、それは確かに欺瞞《ぎまん》だ。君が寄せてくれる純粋な信頼に対する……裏切りだ」

「深谷さん……？」

「ごめん。そんなふうに君を好きになって、ごめん」

もう遥の澄んだ瞳に見られ続けているのに耐えきれず、知彦は店を飛び出した。

「深谷さんっ！」

遥の呼ぶ声を振り切り、自宅まで逃げ帰る。

「はは……言っちゃったよ。ガッカリされただろうな。そんな意味で好きなんて言っちゃって」

玄関で靴を脱ぐ気力すらなく、知彦はへたり込む。

もう、遥があのあどけない笑みを自分に向けてくれることはないだろう。友達ヅラで近くにいた人間が、自分に醜い欲望を抱いていたと知って、彼は不快に思ったに違いない。

（もう……店にコッペパン買いにも行けないなあ……）

勢いで告白してしまったものの、それで片思いの相手も、大切な年下の友人も、大好きなコッペパンも、すべてを一度に失ってしまった。喪失感が大きすぎて、涙も出てこない。

知彦は冷たい土間に座り込み、ただ呆然としていた。

どのくらいそうしていただろうか。

いつまでそんなことをしていても仕方がない。限りなく気まずいが、明日も出勤して、大野木の下で仕事をしなくてはならないのだ。

そう自分を叱咤して風呂を沸かし、入浴することにしたが、いっこうに気持ちは晴れない。それどころか、このまま浴槽に沈んでしまいたい衝動にかられる始末だ。

「遥君には会えなくなって、大野木先生にはあんな目で睨まれて……。明日から僕、生きていけるんだろうか……」

ガシガシと頭を洗いながら、知彦は思わず独りごちた。

そのとき……。

ガタガタッ。

いきなり聞こえた大きな音に、知彦はギョッとして目を開け、途端に強烈に染みるシャンプーに悲鳴を上げた。

「いたたた、な、何だ？」

見れば、換気のためごく細く開けてあった風呂の窓に、誰かが手を差し入れている。立て付けの悪い窓がなかなか開かなくて苦労しているらしい。曇りガラスの向こうには確かに人影があった。

「えっ!?　な、何だ!?　誰だ！」

覗きなら、こんなに大きな音を立てはしないだろう。だとすれば、残る選択肢は強盗しかない。

風呂の窓は位置が高いし、決して大きくもないが、踏み台を使えば、細身の人間なら入れる大きさだ。

知彦は慌てながらも、とにかく視界を確保しようと洗面器を手にした。慌ただしく湯船から湯を汲むと同時に、ガラッと物凄い勢いで窓が開く。

「わあッ」

これはもう素《す》っ裸《ぱだか》で泡だらけというみっともない姿だが、逃げたが得策だ。その前に、せめて侵入者に一矢報いてやろう。

咄嗟にそう考えた知彦は、洗面器の湯を窓に向かってぶっかけた。シャンプーの泡のせいでろくに目を開けていられないが、侵入者に少しでもかかればいいという、半ばヤケクソの行為だった。

しかし。

「ひゃっ」

聞こえてきた悲鳴は、どうにもこうにも聞き覚えのあるもので……知彦は、慌ててもう一度湯を汲み、今度は頭から被った。

シャンプーが少し流れて、手で顔を擦ると目を開けていられるようになる。

窓枠に手を掛けていたのは、やはりさっき気まずく別れた遥だった。

「は、遥君⁉　何してるんだよ、そんなところから」

「だって、玄関で呼び鈴鳴らしても、深谷さん、出てきてくれないから。だったらこっから入ってやるまでだと思ってさ」

そう言うなり、遥は窓枠に両手を掛け、勢いをつけて、鉄棒でもしているように飛び上がった。窓の外で、ガタンと何かが倒れる音がする。おそらく、その辺に置いてある木箱を踏み台に使っていたのだろう。

「ちょっ、ちょっと遥君、危ない！」

窓枠に両手をついて浴室に身を乗り出してきた遥に、知彦は素っ裸なのも忘れて両手を挙げた。今、遥の両足は完全に地面から浮いているはずだ。それなのに遥は、するに事欠いて、浴室のほうへ思い切り上半身を倒しこんできた。

窓の真下は浴槽だが、いくら湯を張っているといえども、衝撃を和らげてくれるほどの深さはない。真っ逆さまに落ちたら、頸椎《けいつい》を骨折する恐れがある。

「うわあああっ！」

もう何も考えられず、知彦は遥より一瞬早く浴槽に飛び込んだ。

バッシャーン！

いかに理学療法士といえども、全身泡だらけ、しかもシャンプーで視覚が鈍っている。どうにか遥を抱き留め、抱え込むことには成功したが、そのまま足を滑らせ、派手に水しぶきを上げて浴槽の中でひっくり返る。

「ぎゃッ！　……ガボッ」

その拍子に浴槽の縁で後頭部を、浴槽の底で尾《び》てい骨を、蛇口で足の甲を強打し、知彦は悲鳴を上げて水没した。しっかり抱き締めて守った遥も、一緒になって湯を被る。

「ぷはっ……わ、だいじょぶ、深谷さんッ」

犬のように勢いよく頭を振って水滴を払った遥は、さすがにグッタリしている知彦を見て顔色を変えた。

「だ……い、じょうぶ、だと思う。たぶん。若干、尾てい骨はヤバイかもだけど、折れてもたいしたことのない骨だから」

さすがに首筋から頭のてっぺんまで電気が走り、知彦はグッタリと浴槽の縁に頭を預けて呻いた。それでも、遥を心配することは忘れない。

「そ……それより、遥君は平気？」

「俺は平気だよ、深谷さんが思いっきりクッションになってくれたから。まさか、深谷さんが飛び込んでくるなんて思わなかった」

遥が無事なのを見てとり、知彦は彼を抱き締めていた腕から力を抜く。けれど遥は狭い浴槽から出ようとはせず、知彦の腿《もも》の上にまたがったままでいる。当然湯は盛大に溢《あふ》れ、たぶん二人が出た後は、半分も残っていないだろう。

「だって、僕が抱き留めなかったら、君、浴槽に……」

「ナイス飛び込みする予定だったんだけど」

「何言ってるんだ、下手したら死ぬぞ」

ようやくあちこちの痛みが薄らいで、知彦は安堵半分、呆れ半分で遥の額を指先で突く。

遥はびしょ濡れの前髪を両手で掻き上げ、破顔一笑した。

「死なないよ。俺、深谷さんに言わなきゃいけないことがあって来たんだもん」

「僕に……言わなきゃいけないこと？」

「そ。だって深谷さん、自分だけ喋って逃げてっちゃっただろ？　俺のほうは、まだなーんにも言わせてもらってない」

「うっ。ご、ごめん」

知彦は、遥に思い切り乗っかられて身動きがとれないまま、恥ずかしそうに謝った。まだぶつけたところはジンジンしているものの、それよりも、自分は素っ裸で浴槽の中にいて、その上に着衣のままの遥が濡れ鼠《ねずみ》でまたがっている現状が気になって仕方がない。

「それはともかく、もう少し離れてくれないかな、遥君」

「ヤダ」

むき出しの脇腹を、遥のジャージの腿がギュッと挟みつけている上に、遥の両手は知彦の首に回されている。その感触と重みだけでも十分刺激的すぎるのに、濡れそぼった薄いグレーのTシャツは遥の身体に張り付き、すらりとしたボディラインがくっきりと見えてしまう。知彦は全裸なので、あからさまに反応し始めたそこを隠すことすらできない。

「遥君……っ」

知彦が必死になって遥の胸を押しやろうとすると、その手を払いのけ、遥は怒った顔で言った。

「あのさ。俺は初めて会ったときから、深谷さんのこと、かっこいいと思ってた。危ないとこも助けてくれたし、いつも励ましてくれたし、仲良くなったら想像してたよりもっといい人だった。だから……俺、深谷さんが俺のこと好きだって言ってくれて、すっごく嬉しかったんだよ？　俺、たぶん出会ったときに、深谷さんに一目惚れしたんだもん」

「遥君……」

思いもよらない遥の告白に、知彦はただ驚いて絶句する。遥は、色の薄いガラス玉のような瞳で、知彦の目をじっと覗き込んだ。

「俺も、深谷さんのこと大好き！　って言う気満々だったのに、何であんなに全速力で逃げたんだよ」

「いや……だって。僕の『好き』はその、君と違って」

「違わない」

「いや、だけど」

なおも言い募ろうとした知彦に焦れたように、遥はいきなり、噛みつくようなキスを仕掛けてきた。というか、まさに勢い余って知彦の上唇に噛みついた。

「んぷっ……痛ッ、痛いよ、遥く……」

「ごめん、慣れてないから失敗した。やり直し！」

「へ？　ん、んんっ……」

今度は狙いを過たず、遥の唇が知彦の唇にピタリと合わさる。柔らかな感触に驚いた知彦が口を開くと、遥は躊躇わず舌を絡めてきた。

「は……んっ、ふっ」

こうも全身で恋愛の「好き」を主張されては、いくら思慮深い知彦でも理性が挫《くじ》ける。思わず遥を抱き締め、存分に貪《むさぼ》らずにはいられない。

唇が離れたときには、二人の胸は薄いTシャツ越しにぴったりと触れ合っていた。自分と同じ、凄まじい速さで脈打つ遥の心臓を感じ、知彦は軽い目眩に襲われる。

「はる……くん」

「こうして深谷さんにくっついてキスしてるだけで、どっきどきだよ。こっちだって」

そんな知彦の手を取って遥は大胆に、自分のジャージの股間《こかん》に押し当てる。そこは明らかに欲望の高まりを示していた。

「嘘……だろ……?」

触れてもなお信じられない思いの知彦に、遥は熱っぽい眼差しで囁いてくる。

「嘘じゃないよ。ね、同じ意味でしょ?」

「あ……ああ。って、うあっ」

遥はもう一方の手で、すでに勃ち上がりかけていた知彦の芯に触れてきた。緩く握り込まれ、知彦は焦って身じろぎしようとするが許されない。

「何で逃げるの」

「だ、だって、遥君」

「逃げないでよ。俺は深谷さんのこと、ホントに好きだよ。深谷さんのここも、俺が好きだって言ってる」

遥の言葉のとおり、彼に愛撫されているのだと思っただけで、知彦の楔はたちまち固く、その存在を主張し始めている。遥のそれも、彼が知彦を求めているのだと、素直に教えてくれた。

「遥君……」

言葉を尽くすより、互いの熱を感じ、互いの身体に触れることで気持ちは十分過ぎるほどに伝わる。

「ん……っ」

知彦の手が確かな意図を持って動き始めたのを感じ、遥はしなやかに身をくねらせた。伸びやかな媚態《びたい》に、知彦は男同士の関係に躊躇う頑固な理性が陥落したのを知った。

互いに好きで、互いを必要としていて、触れ合うことでこんなに満たされる。この関係を否定する必要が、どこにあるだろう。

遥が示してくれた迷いのない愛情と勇気が、知彦の心と体に火を点けた。

「好きだ。……遥君のことが、凄く、好きだ」

何度もキスを重ね、二人の熱塊を一緒に擦り上げながら、知彦は何度もそう言った。両腕でしっかりと知彦にしがみつき、広い肩に歯を立てることで、遥も同じ気持ちを知彦に伝える。

「…………ッ」

「くっ……」

ほぼ同時に達した二人はしっかりと抱き合ったまま、しばらく黙って荒い息を吐いていた。

「ね……今さらだけど」

先に口を開いたのは遥だった。知彦の肩に顎を載せ、まだ息を乱しながら、彼は掠れた声で言った。そんな遥のびしょ濡れの髪に頰を押し当て、知彦も熱っぽい声で応じる。

「何？」

「深谷さんって、下の名前……何？」

「あれ？　言ってなかったっけ。知彦だけど」

「聞いてなかった。じゃあさ」

遥は知彦の耳に口を寄せ、悪戯っぽく囁いた。

「次に、最後までエッチするときは、知彦さんって呼ぶ。いいよね、そういうの」

「うはっ……う、う、うん」

初めて名前を呼ばれた衝撃と、最後までという言葉から妄想されるあれこれで再び兆してきそうな自身に、知彦は必死で自重を促す。残り少ない湯は冷え始め、このままここにいては、二人して風邪を引いてしまいそうだ。

「それは……また後でゆっくり話すことにして、とにかく上がろう。君は着替えなきゃ、遥君」

「そうだね。さすがに寒くなってきたかも。……ホントはずっとこのままくっついていたい気分だけど」

いささか残念そうにしながらも、遥は今度は素直に浴槽から出る。知彦もようやく立ち上がろう……として、うっと呻いた。

「ん？　どうしたの、深谷さん」

「どうも、君を受け止めてすっ転んだとき、左の足首を傷めたみたいだ。立てない」

「えっ？　わ、嘘……左足、ど紫のパンパンじゃん……。まさか折れた!?」

「いや。かろうじて動くから、たぶん捻挫《ねんざ》だと思う」

「うわ……わわわ、ど、どうしよう。湿布？　包帯？　えっと松葉杖《まつばづえ》とかいるのかな」

焦って右往左往する遥に、知彦は苦笑いのまま、片腕を差し出した。

「いや、それは後で。とにかくここから出て、服を着たいんだ。……肩を貸してもらえるかな」

「わかったっ」

腫れ上がって酷く痛む足首を庇いながら、両腕と無事な右足を使い、知彦はどうにか立ち上がった。そして、不器用ながらも一生懸命、小さな身体で支えてくれる遥に縋って、浴槽の縁を乗り越えるという地味な難事業に挑む羽目になったのだった……。


翌朝になっても、知彦の左足は酷く腫れて熱を持ったままだった。それでも生真面目な知彦は、痛む足を引きずって出勤した。

通常業務はこなせなくても、足を使わなくていい仕事はいくらでもある。昨夜の今日で気まずいことこの上ないが、大野木に業務内容変更の許可をもらうことにした。

今朝は、知彦の傍らには遥がいる。知彦のショルダーバッグを幼稚園児のように斜めがけにした遥は、自分のせいで怪我をさせたのだからと言い張り、店を休んで半ば強引についてきたのだ。

朝っぱらからそんな二人に医局の廊下でおおまかな事情を聞かされ、大野木は米酢を一気飲みしたような渋面になった。そして、遥には廊下で待っているように言い、知彦だけをカンファレンスルームに呼び入れた。

「あの……昨夜は色々、すみませんでした。その上、怪我なんてしてしまって」

おずおずと誰もいない部屋に入った知彦は、不自由な左足を庇い、机に手を突いて、大野木に深く頭を下げる。大野木は知彦の顔を見ず、傍らのパイプ椅子を指さした。

「座れ」

「でも、先生」

「いいから座れ」

半ば無理矢理知彦を座らせた大野木は、その足元に片膝をついた。知彦は、大野木の突然の行動に驚いたが、大野木は眉間に深い縦皺を刻んだまま、知彦の左足を掴んで持ち上げた。

「つッ……」

痛みに顔を歪める知彦に構わず、大野木は包帯と湿布を乱暴にむしり取り、腫れ上がった足首をしげしげと観察した。

「ふん。大袈裟に言っているだけかと思ったら、相当腫れているな」

「は……はあ」

「あんなに細い遥を受け止めたくらいでこうなるようでは、口頃の鍛錬が足らんぞ」

「……申し訳ありません」

いくら何でもあのシチュエーションで無傷は無理だろうと、こみ上げる抗議の言葉をぐっと飲み下して知彦は謝る。まさか、風呂で云々と詳細な話を大野木に聞かせるわけにもいかず、単に「バランスを崩した遥を助けようとして自分が転んだ」と説明している以上、大野木がそう言うのも仕方がないと諦めたのだ。

「こっちに曲げると痛むか？」

「あだッ、だだだだ」

「こっちも、こっちも、痛いだろうな」

「ちょ……せ、先生ッ、痛い、痛いですッ」

「そのはずだと思って曲げている。心配するな」

「いやあのッ……いでで」

堪えきれず悲鳴を上げる知彦にようやく溜飲《りゅういん》を下げたのか、大野木はほんの少し機嫌の直った顔つきで、知彦の足を離した。

「お前の見立てどおり、捻挫のようだな。だが、お前の固定はきつ過ぎる。あれでは血行が阻害されて、治癒が遅れるぞ」

「あ……す、すみません」

「足首はきちんと治しておかないと、後々祟《たた》る。後で整形の外来に来い。俺が処置してやる。弟のせいで、お前に一生残るハンディを負わせるわけにはいかないからな」

「大野木先生……」

立ち上がって白衣の裾を払った大野木は、壁にもたれ、腕組みしてボソリと言った。

「……む」

「はい？」

大野木の声が聞き取れず、知彦は身を乗り出す。大野木は知彦から顔を背け、さっきよりは大きい声で、投げつけるように同じ言葉を繰り返した。

「遥を頼む」

「え……？」

てっきり、弟に構うなと言われるものとばかり思っていた知彦は、拍子抜けしてしまう。

大野木はゆっくりと視線を戻し、赤い目で知彦を睨んだ。しかしその瞳には、昨夜のような敵意はもはやない。おそらく昨夜は眠らず、あれこれ考えたのだろう。

「遥はもう大人だと言い張るが、まだまだ幼いところが多い。だが、あいつが俺の干渉をもう望まないこともわかった。だから……あいつがいちばん心を許しているのがお前だというなら、お前に頼むしかないだろう」

「大野木先生……」

「何を間抜け面をしている。俺の言うことが理解できないのか？」

「い、いえっ。パーフェクトに理解してますけど……その、大野木先生は僕のことが嫌いなんだと思ってたんです。だから、遥君を頼むなんて言ってもらえるとは思わなくて、ビックリしてしまって」

知彦がそう言うと、大野木は怪訝そうに眉を顰めた。

「嫌い？　好き嫌いは、プライベートな間柄で使う言葉だろう。俺とお前は職場の同僚だ。好悪の感情などない」

「だ、だけど、先生は僕にだけ妙に厳しいような気がするんですけど」

食い下がる知彦に、大野木はうんざりした様子で嘆息した。こめかみに片手を当てる気障な仕草が、妙に板についている。

「すると何か、お前は俺がお前をいびっているとでも思っていたわけか」

「そ、そこまでじゃないですけど。僕のことを目の仇《かたき》にしてるのかなとは思ってました」

知彦の正直な返答に、大野木はますます大きな溜め息をもう一つついてからぶっきらぼうに言った。

「もし俺が同僚の誰かを不愉快に思うなら、そいつから距離を置くだけのことだ。何も、わざわざ積極的に絡みに行って、ますます不快な思いを重ねることはなかろう」

「それは……確かに。え？　あれっ？　じゃあ、僕のことは……？　さんざん僕のこと貶《けな》して、あれこれ小言を……あわわ、す、すいません、ええと注意してくださったのはっ」

「お前が勤勉で、真摯で、見所があると思っているからだ。ただし、お前はあまりにも患者に入れ込みすぎて危なっかしい。そんなことではすぐに心をすり減らし、仕事を続けられなくなる」

「……あ……」

「プロとして長く仕事を続けるために、必要なことを常に見極め、患者との適切な距離感を学べと俺は言っているつもりだった」

「そう……いえば」

これまで大野木に喰らった説教の内容を思い返し、知彦はハッとした。言葉は厳しかったが、確かに大野木の言葉は、知彦を案じてのものだったのだと今なら理解できる。

いつも自分ばかり叱責されることを逆恨みしていたのが恥ずかしくて、知彦は顔に血が上るのを感じた。

「す……す、す、すいません。僕はその」

「いちいち口うるさい、小姑《こじゅうと》みたいな上司だと思っていたわけだな、俺のことを」

「あわわわ……ほ、ホントにすいません！」

今さら謝っても反省しても遅いのだが、知彦は羞恥と申し訳なさに耐えきれず、膝に額がぶつかるほど深く頭を下げた。

そのままの姿勢を崩すことのできない知彦の鼓膜を、大野木の無愛想な声が打つ。

「否定しろ、馬鹿者」

その冷ややかな声に、微妙な笑いが滲んでいる気がして、知彦は恐る恐る頭を上げた。

だが、腕組みして自分をじっと睨んでいる大野木の顔は少しも笑っていない。

（う……勘違いだったか）

ガックリ来た知彦だったが、次に大野木の発した言葉には、確かにこれまでにない温かみがあった。

「お前になら、近い将来には安心して患者を任せられるようになる。そう期待して、俺はこれからも口うるさく注意するからな」

「ありがとうございますっ。よろしくお願いします！」

感動しやすいたちの知彦は、今度は喜びのあまり、思いきり深く頭を下げた。

「遥のことも、頼むぞ。お前のことは、とても頼りにしているようだからな」

「はいっ。一生大事にします！」

「何っ!?」

大野木が寄せてくれた信頼に感動して、うっかり口走ってしまった言葉の意味に気付いた瞬間、知彦はまずいと思った。だが、一度口から出してしまった言葉は、回収のしようがない。そして迂闊な発言を聞き逃すほど、大野木は愚鈍ではなかった。

「…………え、ええ、と……」

ドギマギしながらゆっくりと視線を上げると、大野木は見たことがないような険しい顔をしていた。眉間の縦皺は、下敷きを挟めそうなくらい深い。

「一生大事に？　それはどういう意味だ？」

「いえ、その。それはつまり」

「つまり？」

大野木は般若《はんにゃ》のような顔で一歩距離を詰めてくる。思わず両手を上げて宥めようとした知彦の背後から、澄んだ声が聞こえた。

「つまり、俺たち付き合うことにしたわけ」

「ぎゃッ」

奇声を上げて振り返った知彦が見たのは、こちらに近づいてくる遥の姿だった。どうやら廊下で二人の話を立ち聞きしていたらしい。

「な……な、付き合って……って、どういうことだ？」

珍しいほど取り乱す兄に、知彦の隣に立った遥は、真顔でもう一度繰り返した。

「だから、俺たち、恋人同士になることにしたんだ。だろ、深谷さん」

平然とした口調でそう言い、遥の手が知彦の肩に置かれる。指先にこもった力の強さに、平静を装っていても遥が酷く緊張していることを悟り、知彦も勇気……いや蛮勇をふるって、真っ直ぐ大野木を見た。

「そうです。恋人として、遥君を大切に思ってます。大野木先生に任せて頂いたので、力の限り大切にします！」

「大切にされますっ」

遥まできっぱりと便乗宣言したものだから、大野木の顔はまるでＬＥＤライトのように赤くなったり青くなったりする。

「おま……お前ら……」

知彦と遥を愕然とした顔で見比べていた大野木は、やがて知彦をキッと睨みつけた。どうやら、そちらから叱りつけることに決めたらしい。

「だ……断じて許さん！　俺の大事な弟に手を出していたとは、真面目な顔をして何て奴だ、深谷ッ！」

「いやあの、すみません！　ですが、僕は本気ですっ」

「本気も何もあるか。俺はそんな交際、認めないからな！」

「兄さんに認めてもらわなくてもいいよーだ。っていうか、手を出したのは俺だよ？　深谷さんが風呂に入ってるとこに飛び込んで、乗っかっちゃった」

「の……の、の、のっ、か……って……」

「ち、ちょっと遥君。その表現は若干の語弊《ごへい》が」

「だって嘘じゃないもん」

ショックのあまり泡を吹きそうな大野木を見て、知彦は小声で遥をたしなめた。だが遥は、片手を腰に当て、もう一方の人差し指を兄の鼻先に突きつけた。

「だから、深谷さんは悪くないんだからね。わかった？　あ、あと、公私混同は禁止だよ。俺のことで、深谷さんを仕事中に苛めたら、今度こそ永久絶交する。わかった？」

「く……く、く、く、とにかくっ、断じて許さん！　別れろ！　今すぐ別れろ！　お前に遥を任せると言った発言は撤回するッ」

「そんな撤回は却下。それより、深谷さんの足、兄ちゃんが治してくれるんでしょ？　早く処置してあげてよ」

「誰がそんなことを……！」

「兄ちゃんが言った。俺、ちゃんと外で聞いてたんだからね。さ、外来行こ、深谷さん」

「う、うん」

遥に抱き支えられ、知彦は立ち上がる。それを見て、二人の親密さを悟ったのだろう。大野木はまなじりを吊り上げて怒鳴った。

「こらッ、深谷！　神聖な職場で弟に抱きつくとは何事だ！　離れろ、不埒《ふらち》な！」

「何言ってんだよ、兄ちゃん。抱きついてるのは、俺のほう。ついでに、これはいちゃついてるんじゃなくて、か・い・じょ」

「単なる介助に、そんなに密着する必要があるか！」

「うるさいなあ、もう」

全身で自分への愛情を表現してくれる遥と、目の前で繰り広げられている子供じみた兄弟げんかと、これまで見たこともないような大野木の人間くさい姿。

そのすべてが、知彦の心を温かな、明るい光で満たしていく。

この後、大野木の「処置」がどれほど痛いものになるだろうと心の片隅で怯えつつも、知彦は悪のりしてみたい衝動を抑えることができない。

「そう、介助ですよ、大野木先生」

そう言って知彦は、遥の肩をぐっと抱き寄せ……そして二人は顔を見合わせて、声を上げて笑い出したのだった……。

円卓の医師

それは、梅雨の真っ盛りのある夜のことだった。

病院から帰ってきた大野木甫《おおのぎはじめ》と花屋の仕事を終えた九条夕焼《くじょうゆうや》は、いつものように九条宅の小さなテーブルで、差し向かいの夕食を摂っていた。

甫は掃除や洗濯、ゴミ出し程度なら手伝うことができるが、料理は完全に九条の担当である。幸い、二人とも味覚が合う……というより甫が食には極めて無頓着《むとんちゃく》なので、味付けに揉めることもなく、日々、平和な食卓である。

子持ちカレイの白い身を、さらりとした煮汁にからめて口に運びながら、甫はふと思い出したようにこんなことを言い出した。

「ところで、明後日の夜なんだが、食事の献立は決まっているか？　というか、もう食材を買ってしまっているか？」

家ではあまり酒を飲まない甫のために、大きめの湯飲みに熱いお茶を煎れてやりながら、九条は笑ってかぶりを振った。

「いいえ。僕、あまり前もって献立を考えることはしないんですよ。週に一度、生協さんが個配で食材を届けてくれるので、それを適当に組み合わせて、あり合わせで毎日作ってますからね」

「そういえば、買い物に行く暇などなさそうなのに、どうやって毎日食事を作っているんだろうとかねてから不思議に思っていた」

つきあい始めてもう随分経つというのに、今さらそんなとぼけたことを言い出した甫に、九条はさすがに呆れ気味の笑顔で訊ねた。

「ですから、明後日のメニューはまだ未定ですが、何か召し上がりたいものでも？」

「ああ、いや。そういうことじゃない。実は今日、深谷《ふかや》と話していて、気がついたことがあってな」

「何です？」

九条が目の前に置いてくれた湯飲みのお茶を一口飲んで、甫は少し照れくさそうに言った。

「その……弟の……遥《はる》の開店祝いを、まだしてやっていない」

九条は納得顔で頷く。

「ああ、そういえば、あなたに内緒で開店なさったんでしたっけ、弟さんは」

「そうだ。その点においては未だにわだかまるものがあるが、いつまでこだわっていても仕方がないしな。それに俺が考えていたより、あいつはあいつなりに一生懸命やっているようだ。兄としては、きちんと祝いの席を設けてやりたい」

「ええ。きっと喜ぶでしょうね、弟さん」

「弟は、俺と違って食い道楽だからな。せいぜい旨い店に連れていってやるつもりだ。それで、ついでに深谷も呼んでやることにした」

「おや、深谷さんもですか」

「ああ。依怙贔屓《えこひいき》だと思われてはお互いに厄介だから、他の部下たちには内緒だが。あいつには色々と世話になっているからな……その、遥が」

あなたもでしょうという言葉は喉の途中に引っかけておいて、九条は笑顔で頷いた。

「いいお考えだと思いますよ。じゃあ、明後日の夕飯は要らないということですね？　気になさらず楽しんでいらっしゃってください」

だが、そう言われた甫は、何とも微妙な顔つきになった。

「い、いや。他人事ではなくて……俺はお前にも来てほしいんだが」

「はい？」

九条はキョトンとする。甫は落ち着きなく視線を食卓じゅうに彷徨《さまよ》わせながら、早口に言った。

「だから……何と言うか、お前は深谷と顔見知りだし、その……その、俺も、成り行きとはいえ、半ばここで生活している現状があるし、お前を……」

「僕を？」

どうやら最後まで言わせるつもりらしい。九条は含み笑いで先を促す。甫は、目元をうっすら赤らめ、ボソリと言った。

「お前を、弟に紹介したいんだ」

それを聞いて、九条は笑みを深くした。箸を置いて席を立つと、固まっている甫を背後からギュッと抱く。

「お、おい、食事中だぞ」

「確かに食事中に席を立つのはお行儀が悪いですが、この際、喜びは即座にお伝えすべきかと思いまして」

「……大袈裟だ。それに口で言えば済むだろう」

乱暴な口調で言う甫の耳は、口調とは裏腹に真っ赤に染まっている。熱くなった頰にキスして、九条は言った。

「言葉では、嬉しい気持ちを表現しきれませんよ。……ああでも、どんなふうに僕を弟さんに紹介してくださるのか、一応お訊きしても？」

「それはっ……」

「それは？」

「それは……現時点における、こ……こ、こ、こっ……」

「先生、それじゃ鶏の形態模写です」

「ううう」

箸をへし折りそうな力で握り締め、甫は呻く。余り苛めて、甫が癇癪《かんしゃく》を起こし、もう食事会はやめだと言い出しては困ると思ったのか、九条は悪戯っぽい声で助け船を出した。

「恋人という言葉がそんなに照れくさいのなら、現時点でのパートナー、でいいんですよ？　横文字なら、若干言いやすいでしょう？」

「か……かもしれん」

「ではそういうことで。……それで、どこのお店に？」

自分の席に戻りながら九条は問いかけた。甫はまだ赤い顔ながら、律儀に答える。

「まだ決めていない。俺はまったくグルメじゃないし、いい店を知らないいんだ。一応、開店は大事な節目だから、それなりの店であるべきだが、あまり格式張っていては、遥が嫌がるだろうしな」

「ああ、なるほど」

少し考えてから、九条は言った。

「では、中華料理は如何でしょう。コース料理を出すような店なら、多少あらたまった雰囲気はありますが、フレンチに比べれば気楽だと思いますよ」

「確かにそうだな」

「中華なら、僕の家族が祝いごとがあるたび、決まって行っていた店が中華街にあるんです。そこでよろしければ、僕が予約を入れますけど？」

甫はホッとしたように頷く。

「では、頼む。明後日は土曜だから、時刻は六時半でいいだろう」

「わかりました。あとで電話番号を調べて、かけてみますよ。それにしても……」

食事を再開しながら、九条はクスッと笑った。その意味ありげな笑みが気になって、甫は訝しげに問いかけた。

「何だ？　俺は何かおかしいことを言ったか？」

「いいえ、とても素敵な催《もよお》しになりそうだなと。それに……」

「それに、何だ」

甫は鋭い目に警戒心を滲ませて追及する。九条は、しれっと言った。

「弟さんとその恋人である深谷さんに、僕を正式にパートナーとして紹介して頂くというのは……何だかこうちょっと『義理の兄弟顔合わせ』みたいなニュアンスで面白いですねえ」

「がは……げほっ、ゴホッ」

爽《さわ》やかに告げられたとんでもない言葉に、甫はせっかく気持ちを落ち着かせようと口にした味噌汁に、盛大に噎《む》せる羽目になったのだった……。


そして、翌々日の夕方。

甫と九条は、連れ立って電車で中華街へと向かった。

「医局の宴会はたいていここであるんだが、いつ来ても異様な空間だな」

中華街のシンボルとも言えるカラフルな装飾の施された門を潜りながら、甫は興味深そうに辺りの光景を見回した。

中華街の周囲は、どちらかといえばヨーロッパの町並みを思わせるクラシックな建物が並ぶが、門を潜ると、その先はまさに「小さな中国」だ。道路の両側にはズラリとレストランや中華食材、それにお茶や雑貨の店が並び、道行く人々はたいてい食べ歩きを楽しんでいる。

「がらりと雰囲気が変わりますからねえ。でも先生は、中華街の内外、どちらにも似合いますすよ。やっぱり、スーツの似合う方は得だなあ」

所構わず褒めて口説くのは九条にとって習慣のようなものらしいが、未だにそれに慣れない甫は、引きつった顔で照れた。

「ば、馬鹿を言うな。俺にとってスーツは単なる通勤服だ」

「ですから、着慣れてらっしゃって余計に素敵なんですよ。僕なんて、ドレスアップの機会がなかなかないので、さっきから息苦しくて仕方がありません。……今日の僕の格好、おかしくないですか?」

九条は甫と並んで歩きながら、他の通行人に邪魔にならない程度に腕を広げてみせる。

(何故、このタイミングでそんなことを……!)

甫は内心焦りつつも、仕方がないのでチラリと九条を見た。

甫に合わせて、九条も今日はスーツを着ている。普段、ツナギかネルシャツとジーンズといったラフな服装ばかりしている九条だけに、甫にとっては初めて目にする九条のスーツ姿だった。

決して高価なブランド服ではないのだろうが、もともと長身で肩幅もある九条だけに、意外なくらい見栄えがする。

その姿を見ていると、これが惚れ直すということか、と妙な実感がこみ上げてきていたたまれない気分になるので、甫は行き道ずっと、九条をあまり見ないようにしていた。今、嫌々ながらに改めて全身を見ると、やはり正直すぎる心臓がドキンと跳ねる。

「べ……別に、おかしいところは何も」

微妙に上擦った声でそう言い、すぐに視線を逸らした甫に、九条はやや不満げな顔をした。そして、わざと甫の視線の先に回り込む。

「そうですか？　どうも、ずっとあなたに微妙な避けられ方をしているような気がするんですが。どこかおかしいなら、率直に仰ってください。せっかく弟さんに紹介して頂くのに、いきなりガッカリされては困りますし」

「いや……」

「大野木先生？」

「だ、大丈夫だと言うのに」

「本当ですか？」

「本当だ！」

「だったら、どうして僕から目を逸らすんですか」

あらゆることにねばり強い九条は、甫がどこに目を向けても、そちらへ移動してくる。常に視界のセンターに九条がいるという異常事態に耐えかねて、甫はつい本心を端的に口にしてしまった。

「ま……まるでモデルのようで、ジッと見てしまいそうになるからだッ」

「！」

普段、相手を絶賛するのは自分のほうなので、九条は予想もしない不意打ちの賛辞に、思わず足を止める。

「あまりジロジロ見ては無礼だろうと……そ、それに俺がコンプレックスを感じる」

ヤケクソの勢いでそう付け足すと、甫はいつもの三倍のスピードで歩き出す。

「うわあ……。初めて正面切って褒められた。……感動だ」

九条は思わず片手を心臓の上に当てる。全速力で追いついて、後ろから可愛い年上の恋人を抱きすくめてしまいたい気分になったが、たぶんこの人混みの中でそれを実行すれば、照れ屋の甫はパニック状態に陥るだろう。

(帰って二人きりになるまで、この感動は取っておくべきだな)

そう自分に言い聞かせ、抱き締めたい衝動でワキワキする手をギュッと握り締めてみずからを窘《たしな》めた九条は、甫に落ち着きを取り戻す時間を与えるべく、ゆっくりと彼のあとを追いかけた……。

九条家ごひいきの店は、中華街のメインストリート沿いの、いかにも老舗らしい一軒だった。派手派手しい装飾はないが、金文字で店名が書かれた堂々たる看板がかえってよく目立っている。

九条と甫が中に入ると、広いエントランスロビーには、すでに知彦《ともひこ》と遥が待っていた。

気楽な服装で来いと甫は言ったのだが、知彦は上司の招待だからと気を遣ったのだろう。

見るからに着慣れないスーツ姿だった。

遥も、ネクタイこそしていないが、きちんとジャケット着用である。ただ童顔のせいで、どこか学校帰りの高校生のように見えるのがご愛敬《あいきょう》だ。

「あ、兄ちゃん！」

甫たちの姿を見つけると、遥はピョコンとベンチから立ち上がった。知彦も、遥の隣に立ち、甫に深々と頭を下げる。

「お疲れ様です。今日は、お招き頂いてありがとうございます」

礼儀正しい部下の挨拶に、甫はいかにも上司らしく鷹揚に頷き、腕時計に視線を落として詫びた。

「すまん、定刻到着とはいえ、招いておいて待たせてしまったな」

「いえ、僕らが張り切って早く来すぎてしまっただけですから。九条さんも、こんばんは。ええと……」

知彦は遥と九条の顔を見比べ、困惑の表情を浮かべる。九条にも促すように見られて、ハッとした甫は、ゴホンと一つ咳払いをしてから、九条に遥を紹介した。

「深谷とはもう知り合いだったな。これが遥。俺の弟で、コッペパン屋をやっている。遥、名前はもう深谷から聞いているかもしれんが、こいつが九条夕焼だ。その……その、俺の、げ、げ、げ……」

今度は鶏ではなく妖怪《ようかい》方面だ、と九条は苦笑いする。「現時点でのパートナー」という実にお堅い言葉ですら、甫の低すぎる羞恥の閾値《いきち》を超えてしまっているらしい。

いっそ自己紹介してしまおうかと九条が口を開きかけたそのとき、遥がびっくり眼《まなこ》でこう言った。

「……いくつ？」

一瞬、何を問われたのかわからず目を見張った九条だが、どうやら年齢のことらしいとすぐに気付いて、にこやかに答えた。

「二十三です。遥君は、二十二と聞いていますが……」

遥は頷き、やや不満げに九条の顔を見上げた。

「……ずるい。でかい」

「……ッ」

九条は、あやういところでどうにか笑いの発作を引っ込めた。

甫からも深谷からも、遥は重度の人見知りで、初対面の人間とはまともに喋れないと聞かされていたので、九条もそれに対する心構えはできていた。

しかし、初めて会った遥の顔立ちは驚くほど愛らしいのに、その口から飛び出した言葉が兄の甫そっくりにぶっきらぼうで端的なのには、すっかり意表を突かれてしまったのだ。

「小さい頃から大根ばかり食べたがる子供だったらしくて、そのせいでこんなに大きくなったんだと両親は言っていました」

「大根……。俺、パン」

「遥君、別にパンばかり食べていたから、背が伸びなかったわけじゃないと思うけど」

相変わらずどこか間の悪い男、知彦は、フォローのつもりでそう言い、事態をさらにややこしくした。

「じゃあ、何で俺こんなチビなの。あ、もしかして！」

遥は、そのガラス玉のようにつぶらな目で、兄の顔をキッと睨む。甫はギョッとしたように軽くのけぞった。

「兄ちゃんのせい!?　兄ちゃんがそんなにでっかいの、俺の分が入ってるから!?」

「い……いや。そんな馬鹿な。兄弟の身長に、質量保存の法則は適応されないはずだぞ」

「じゃあ何で！」

「……これまで考えたこともなかったが、何故だろうな……」

甫が真剣に考え込み始めたので、九条は慌てて口を挟んだ。

「僕は素人なのでよくわかりませんが、遺伝子の組み合わせの問題か何かじゃないんですか？　それより、時間ですから、お店の方に声を掛けたほうが」

「そ、そうだな」

甫はホッとしたように頷き、ロビーの片隅に待機している案内役の女性店員のほうへとそそくさと向かう。

「……何かやっぱり取られた気がする、俺の身長」

兄の後ろ姿を見ながらボソリと呟く遥の仏頂面を見て、九条は、顔立ちはあまり似ていないが、本質的なところにおいて、甫と遥はとてもよく似た兄弟のようだ……と早くも悟り始めていた。


「む、これは」

個室に通されるなり、甫は難しい顔で室内を見回した。

重厚なマホガニーの中国家具が置かれた個室は、決して広くはないが落ち着ける空間だった。部屋の中央には円卓がどんと据えてあり、祝いの席だと告げてあったからか、サイドテーブルには豪華に花が生けられている。

自分がこの店を提案したので気になるのだろう。九条は心配そうに、甫の顔を覗き込んだ。

「どうかしましたか？　このお部屋に、何か不都合でも？」

「ああ、いや、そういえば中華の円卓の場合は、どこが上座なんだろうと思ってな。どうせなら、今日は遥が主役だから、上座に座らせてやりたい」

それを聞いた知彦は、「でも」と口を挟んだ。

「上下の別がないように、円卓なんじゃないんですか？」

それを聞くなり、甫は片眉を皮肉っぽく吊り上げる。

「馬鹿、それはイギリスの話だ。アーサー王の円卓会議だろう。だがここは中華料理店だぞ」

「あ、そっか。す、すいません、うわあ恥ずかしい……」

またしてもみずから墓穴を掘った知彦は、思わず頭を抱えた。九条は笑いながら、扉にいちばん近い席を指した。

「中華料理では、扉からいちばん遠い席が上座だと聞きました。ですから、遥君がそちらへどうぞ」

「……ん……」

まだ人見知りが取れない遥は、もそりと頷いて、素直に上座についた。そのとき見えたつむじが、兄そっくりに綺麗に巻いているのを見て、九条はますます微笑ましい気分になってくる。

「深谷さんと大野木先生は、遥君の両隣にどうぞ。僕は今回、お店を推薦した人間ですから、下座に座らせて頂きます」

テキパキと九条が指示してくれたおかげで、四人はスムーズに着席することができた。

予約時に料理は注文済みなので、ほどなく飲み物と前菜が同時に運ばれてくる。甫と知彦はビールを頼んだが、遥はオレンジジュース、九条は烏龍《ウーロン》茶を選んだ。

一同に飲み物が行き渡ると、甫はグラスを手に、あらたまった口調で切り出した。

「では。多少遅くなったが、遥、開店おめでとう。正直、お前がここまで一つのことに熱中できるとは思わなかった。……店舗を経営することも、パンを焼くことも決して容易くはないだろうが、初心を忘れず、今のように努力を続けることを兄としては切望している。

確かにコッペパン一つは小さな存在かもしれないが、それが人様の口に入り、血となり肉となることを考えれば非常に重要な……」

身内の会食なのに、極めて堅苦しい甫の挨拶に、九条と知彦はチラと目を合わせ、忍び笑いを交わす。遥は、校長先生の訓辞を聞く小学生のように緊張した面持ちで、両手を膝に置いていた。

(遥君、やっぱりお兄さんを尊敬しているんだな……)

知彦はそう感じ、一方で九条は、しみじみと大野木兄弟の今日までの道のりに思いを馳《は》せていた。

(大野木先生、こんなふうに遥君を育てたのか。さぞ、面白い子に育ったんだろうな、遥君は)

「……というわけで、遥の揚々たる前途を祝し、乾杯したいと思う」

おそらく昨夜、遅くまであーでもないこうでもないと考えていたのは、この祝辞だったのだろう。満足げに言い終えると、甫は一同の顔を見回した。

知彦と九条は巧みに笑いを引っ込め、遥はやはり緊張にうっすら頬を紅潮させて、それぞれグラスを軽く持ち上げる。

「乾杯！」

甫の音頭で、四人は円卓の中央あたりで、カチンとグラスを合わせた。

スピーチを無事に終え、甫はようやく安堵の表情を見せる。遥も、最初は無価値だと言われた自分の仕事を、こうして兄に祝福して貰えた喜びを嚙みしめているのだろう。ごくごくと一気にオレンジジュースを飲み干し、ニッコリと天使の笑顔を見せた。

部屋の中に一気にリラックスした空気が流れ、四人は和やかに食事を始めた。

茹でた伊勢エビの殻が大皿の中央に鎮座し、その鮮やかな赤がお祝いムードを盛り上げてくれる。まずは本日の主役である遥が最初に箸をつけ、その後はざっくばらんに自分の箸で……とカジュアルな流れで一同は料理を取りわけ始めたのだが、ようやく九条の存在にも少し慣れた遥は、さっそく彼らしく無邪気に振る舞い始めた。

「あ、ピータン！　俺、ピータン大好きだから三個貰うね！」

そう言ったと思うと、四きれあるピータンを一気に三きれ、自分の皿に入れてしまう。

甫はさすがに苦々しい顔で弟を窘めた。

「こら。こういう人数分しかないものは、まず一つ取るのが礼儀だろう」

だが、小皿に取った黒々したピータンをパクリと頰張り、遥はあっさりと言い返す。

「だって、俺がピータン好きって言ったら、兄ちゃんと深谷さんは絶対くれるじゃん。だから三つ一気に取っちゃっても、大丈夫！」

「……理論的にはそうかもしれないが、一応そこは俺と深谷に訊いてからにしなさい」

「えー、めんどくさいよー」

甫の説教がまったくこたえていない様子の遥に、九条は思わず笑みを零す。

「本当にお兄さんに可愛がられて育ったんですねえ、遥君は」

「そうだよ。だって兄ちゃん、俺がいちばん大事だもん」

悪びれず、あっけらかんと答えた遥に、九条の柔らかな笑みがわずかに引きつる。

(あ、やばい)

知彦の悪い予感は、すぐさま的中した。九条は、相変わらずの温厚な口調で、しかしどこかに不思議なほど鋭い棘を感じさせる声音でこう言ったのだ。

「そうですね、これまではそうだったかもしれませんねえ」

普段、たいていのことには無頓着なくせに、こういうときだけ敏感な遥である。そこはかとない九条の悪意に気付き、唇を尖らせた。

「これからもそうだよーだ！」

「……それはどうだか」

ストレートにムッとする遥に対して、九条は言外に、これからは自分がいると言いたげに余裕のある笑顔を見せる。

(うあああ……)

早速始まってしまった二人のバトルに、知彦は慌てて甫を見た。板挟みになった彼が、さぞ困っているだろうと思ったのだ。だが次の瞬間、知彦は愕然とした。

甫は、伊勢エビの大きな頭を手に取り、その内部をしげしげと覗き込んでいたのである。

弟と恋人が自分の愛情をめぐって戦っていることなど、気づいていない様子だ。

(……うん。間違いない。先生と遥君、間違いなくそっくり兄弟だ……)

えー…

「ん？　どうかしたか？」

知彦の視線に気付いて伊勢エビを皿に戻した甫は、誰も料理に手をつけていないのに気づき、自分に遠慮しているのだと思ったらしい。茹でてスライスした伊勢エビの身を取り、遥の皿に入れてやった。

「遥、伊勢エビ好きだろう。今日の主役なんだから、たくさん食べろ」

「うん！」

チラと九条に得意げな視線を送り、遥はとびきりの笑顔を兄に向ける。しかしそれにめげず、九条もやんわりと言った。

「大野木先生、僕も伊勢エビは好物ですよ」

「そうだったのか。それは知らなかったな」

ことのついでに、甫は九条の皿にも何の気なしに伊勢エビを取りわけてやる。礼を言いつつ、今度は九条が勝利の笑みを浮かべ、遥が頰を膨らませる。

（こりゃ、前途多難だな……。たぶん、主に僕が）

どうか、せめてこの食事会が無事に終わるようにと切実に祈りつつ、実はエビ好きの知彦は、伊勢エビがあったところだけすっかり空っぽになった大皿を見つめ、深い溜め息をついた……。

あとがき

こんにちは、椹野道流《ふしのみちる》です。

初めてお世話になるプランタン出版さんで、まさかの二ヶ月連続刊行、二冊目です。本当にありがたいことです。

今回は、前作「お医者さんにガーベラ」に引き続き、K医大リハビリ科の医師大野木甫《おおのぎはじめ》と、K医大の向かいでフラワーショップを営む九条夕焼《くじょうゆうや》のその後のお話です。

さらに、甫の弟であり、下町の一角で小さなコッペパン専門店を営む遥《はる》と、その恋人であり、甫の部下である理学療法士、深谷知彦《ふかやともひこ》のなれそめの物語、そしてその四人が初めて顔を合わせたときの短いお話もご一緒に詰め合わせてみました。

念のため申し上げておくと、この本から読み始めて頂いても全然大丈夫な構造になっておりますので、先にこのあとがきを読んで、まず前の本を読まなきゃいけないのか……とお思いの方は、ご心配なく。是非この本から読んでみてください。

勿論、前作から続けて読んでいただければ、甫と九条がどんだけ様子のおかしいお似合いカップルかを、よりたっぷりと感じて頂けるのではないかと……思います。

今回は、九条がかつて音楽活動をしていた頃の相棒、冬洲《ふゆす》トオルが登場しました。

実は冬洲君、当初はもっと自堕落でひとりでは何もできない、そのくせ態度のでかい男にする予定だったんですが、書いているうちにけっこうイメージが変わってきました。というより、甫と九条の会話をどん引きせずに聞いてあげられるあたり、意外といい子なのかしら……と書いている私の中でうっかり株が上がってしまったような気もします。とにかく、愛情表現が周到かつ過剰な九条と、素直な気持ちを言葉にするのが苦手な甫。そんな二人の不思議な恋模様を、楽しんで頂けたら嬉しいです。

そういえば、甫の弟、遥はコッペパン専門店を営んでいますが、彼らのお話を書いている最中、物凄くコッペパンが食べたくなって困りました。

思わず深夜、コンビニでピーナッツサンドのコッペパンを買ってきて、「うーん、割り切ればこれはこれで……。でも、遥君が作っているコッペパンはもっと美味しいんだろうなあ」と、少し哀しい気持ちでお夜食にしたりしたものです。

コッペパンに限らず、焼きたてのパンって、どうしてあんなに抗いがたいんでしょう。自分でもパンを焼くので、どんなに恐ろしい量のバターが使われているか知っているにもかかわらず、お店から漂ってくる焼きたてクロワッサンの匂いに我慢できず、買ってしまったりします。

「大丈夫、ミニクロワッサンだから！」と自分に言い訳してみても、結局いくつも平らげてしまって、後で胸焼けに苦しんだり。

遥は、休みの日にはコッペパンだけでなく、趣味で他のパンも焼いているようです。きっと知彦も試食に駆り出されて、パン天国……あるいは地獄になっているんでしょうね。

そんな彼らの日常がわかる「働くおにいさんブログ」が、期間限定でプランタン出版のサイト（http://www.printemps.jp）にて公開されています。後ほど、甫と九条が合流する予定ですので、是非お楽しみくださいませ！　平日は毎日更新です。


さてさて、それではお世話になった方々にお礼を。

イラストを担当してくださった黒沢要《くろさわかなめ》さん。

ラフで要さんに命名された「ダイブ兄弟」こと大野木兄弟のそっくりダイブが、今もって忘れられません。あと、要さんの描いてくださる、甫兄ちゃんのへの字口が私は大好きです。ありがとうございます！

それから、担当のN田さん。短編のタイトルがあんなことになってしまったのは、半分N田さんのせいだと思っています。アホ過ぎて大好きなタイトルになってしまいました。色々とお助け頂き、ありがとうございました！

そして、この本を手にとってくださった皆様にも、心からのお礼を。

また、近いうちにお目にかかれますよう祈っております。それまでごきげんよう。

椹野　道流　九拝

〈初出誌〉
お花屋さんに救急箱／書き下ろし
意地っ張りのベイカー／『小説リンクス2009年4月号』（幻冬舎コミックス）
円卓の医師／書き下ろし

Platinum Label

お花屋《はなや》さんに救急箱《きゅうきゅうばこ》

プラチナ文庫をお買いあげいただき、ありがとうございます。
この作品を読んでのご意見・ご感想をお待ちしております。

★ファンレターの宛先★
〒102-0072　東京都千代田区飯田橋3-3-1
プランタン出版　プラチナ文庫編集部気付
榧野道流先生係 / 黒沢 要先生係

各作品のご感想をWEBサイトにて募集しております。
プランタン出版WEBサイト http://www.printemps.jp

著者——榧野道流(ふしの みちる)
挿絵——黒沢 要(くろさわ かなめ)
発行——プランタン出版
発売　フランス書院
〒102-0072　東京都千代田区飯田橋3-3-1
電話(営業)03-5226-5744
　　(編集)03-5226-5742
印刷——誠宏印刷
製本——小泉製本

ISBN978-4-8296-2466-1 C0193